山村一夜

世

降下去，人的希望究竟在哪裡？

葉紫 著

〈山村一夜〉村民的愚昧懦弱　〈夜的行進曲〉對苦難臨頭的描述
〈古渡頭〉渡船人的天倫悲劇　〈南行雜記〉鉤心鬥角的人性
〈插田〉讀書人對農民的欣羨　〈岳陽樓〉漁民的慘痛現實

沉痛而憂鬱的情感、荒誕卻真實的情節、險詐而深刻的人心
以樸實筆觸，描繪巨大命運之下奮力掙扎的小人物

目錄

目錄

目錄

山村一夜

山村一夜

外面的雪越下越緊了。狂風吹折著後山的枯凍了的樹枝，發出啞啞的響叫。野狗遙遠地，憂鬱而悲哀地嘶吠著，還不時地夾雜著一種令人心悸的，不知名的獸類的吼號聲。夜的寂靜，差不多全給這些交錯的聲音碎裂了。冷風一陣一陣地由破裂的壁隙裡向我們的背部吹襲過來，使我們不能禁耐地連連地打著冷噤。劉月桂公公面向著火，這個老年而孤獨的破屋子主人，是我們的一位忠實的農民朋友介紹給我們來借宿的。他的左手拿著一大把乾枯的樹枝，右手持著灰白的鬍子，一邊撥旺了火勢，一邊熱烈地，溫和地給我們這次的驚慌和勞頓安慰了；而且還滔滔不停地給我們講述著他那生平的，最激動的一些新奇的故事。

因為火光的反映，他的眼睛是顯得特別地歪斜，深陷，而且紅紅的。他的額角上牽動著深刻的皺紋；他的鬍子頑強地，有力地高翹著；他的鼻尖微微地帶點兒勾曲；嘴唇是頗為寬厚而且鬆弛的。他說起話來就像生怕人家要聽不清或者聽不懂他似的，總是一邊高聲地做著手勢，一邊用那深陷的，歪斜的眼睛看定著我們。

又因為夜的山谷中太不清靜，他說話時總常常要起身去開開那扇破舊的小門，向風雪中去四圍打望一遍，好像察看著有沒有什麼人前來偷聽的一般；然後才深深地呵著氣，抖落那沾身的雪花，將門兒合上了。

「……先生，你們真的願意常常到我們這裡來玩嗎？那好極了！那我們可以經常地做一個朋友了。」他用手在這屋子裡環指了一個圈圈：「你們來時總可以住在我這裡的，不必再到城裡去住客棧了。客棧裡的民團局會給你們麻煩得要死的。那些蠢子啊！什麼保人啦，哪裡來啦，哪裡去啦，『年貌三代』啦，……他們對於來客，全像是在買賣一條小牛或者一隻小豬那樣的，會給你們從頭上直看到腳下，連你們的衣服身胚一共有多少斤重量，都會看出來的，真的，到我們這個連鳥都不高興生蛋的鬼地方來，就專門歡喜這樣子：給客人一點兒麻煩吃吃。好像他們自己原是什麼好腳色，而往來的客人個個都是壞東西那樣的，因為這地方多年前就不像一個住人的地方了！真的，先生……」

「世界上會有這樣一些人的：他們自以為是怎樣聰明得了不得，而別人只不過是一些蠢子。他們自己拿了刀會殺了人家——殺了『蠢子』——劫得了『蠢子』的財帛，倒反而四處去向其他的『蠢子』招告：他殺的只不過是一個強盜。並且說：他的所以要殺這個人，還不只是為他自己，而是實在地為你們『蠢子』大家呢！於是，等到你們這些真正的蠢子都相信了他，甚至於相信到自己動起手去殺自己了的時候，他就會得意洋洋地躲到一個什麼黑角落裡去，暗暗地好笑起來了：『看啦！他們這些東西多蠢啊！他們蠢得連自己的媽媽都不曉得叫呢！』……真的，先生，世界上就真會有這樣一些人的。但他們卻不知道：蠢的才是他們自己呢！因為真正的蠢子蠢到了不能再蠢的時候，也就會一下子變得聰明起來的。那時候，他們這些自作聰明的人，就是再會得『叫媽媽』些，也怕是空的了吧。真的啊，先生！世界上的事情就通統是這樣的——我說蠢子終究要變得聰明起來的。要是他不聰明起來，那他就只有自己去送死了，或者變成一個什麼十足的痴子，瘋子那樣的東西！先生，真的，不會錯的！從前我們這裡還發生過一樁這樣的事呢：一個人會蠢到這樣的地步的——自己親生的兒子送去給人家殺了，還要給人家去叩頭陪禮！您想：這還算是一個怎樣的世界呢！人蠢到這樣的地步了，又怎能不變成瘋子呢？先生！」

「啊——會有這樣的事情嗎？桂公！一個人又怎能將自己的兒子送去給人家殺掉呢？」我們對於這激動的說話，實在地感到驚異起來了，便連忙這樣問。

「你們實在不錯，先生。一個人怎能將自己的兒子送去給人家殺掉呢？不會的，普天下不會，也不應該有這樣的事情的。然而，我卻親自看見了，而且還和他們是親戚，還為他們傷了一年多的心哩！先生。」

「怎樣的呢？這又是怎樣一回事呢？桂公！」我們的精神完全給這老人家刺激起來了！不但忘記了外面的風雪，而且也忘記了睡眠和寒冷了。

「怎樣一回事？唉，先生！不能說哩。這已經是快兩週年的事情了！」但是先生，你們全不覺得要睡嗎？傷心的事情是不能一句話兩句話就說得完的！真的啊，先生！你們不要睡？那好極了！那我們應該將火加得更大一些！我將這話告訴你們了，說不定對你們還有很大的益處呢！事情就全是這樣發生的：

三年前，我的一個叫做漢生的學生，乾兒子，突然地在一個深夜裡跑來對我說：

『乾爹，我現在已經尋了一條新的路了。我同曹德三少爺，王老發，李金生他們弄得很好了，他們告訴了我很多的事情。我覺得他們說得對，我要跟他們去了，像跟早兩年前的農民會那樣的。乾爹，你該不會再笑我做蠢子和痴子了吧！』

『但是孩子，誰叫您跟他們去的呢？怎麼忽然變得聰明起來了？你還是受了誰的騙呢？』我說。

『不的，乾爹！』他說，『是我自己想清白了，他們誰都沒有來邀過我；而且他們也並不勉強我去，我只是覺得他們說的對——就是了。』

『那麼，又是誰叫你和曹三少爺弄做一起的呢？』

『是他自己來找我的。他很會幫窮人說話，他說得很好哩！乾爹。』

『是的，孩子。你確是聰明了，你找了一條很好的路。但是，記著：千萬不要多跟曹三少爺往來，有什麼事情先來告訴我。乾爹活在這世界上六十多年了，什麼事都比你經驗得多，你只管多多相信乾爹的話，不會錯的，孩子。去吧！安靜一些，不要讓你的爹爹知道，並且常常到我這裡來。……』

先生，我說的就是這樣一個孩子，給他那糊塗的，蠢拙的爹爹送掉的。他住得離我們這裡並不遠，就在這山村子的那一面。他常常要到我這裡來。因為立志要跟我學幾個字，他便叫我做乾爹了。他的爹爹是做老長工出身的，因而家境非常的苦，爺兒倆就專靠這孩子做零工過活。但他自己卻十分志氣。白天裡揮汗替別人家工作，夜晚小心地跑到我這裡來念一陣書。不喝酒，不吃煙。而且天性又溫存，有骨氣。他的個子雖不高大，但是十分強壯。他的眼睛是大大的，深黑的，頭髮像一叢短短的柔絲那樣……總之，先生！用不著多說，無論他的相貌，性情，脾氣和做事的精神怎樣，只要你粗粗一看，便會知道這絕不是一個沒有出息的孩子就是了。」

「他的爹爹也常到這裡來。但那是怎樣一個人物呢？先生！站在他的兒子一道，你們無論如何不會相信他們是父子的。他的一切都差不多和他的兒子相反：可憐，愚蠢，懦弱，而且怕死得要命。他的一世完全消磨在別人家的泥土上。他在我們山後面曹大傑家裡做了三四十年長工，而且從來沒有和主人家吵過一次嘴。先生，關於這樣的人本來只要一句話：就是豬一般的性子，牛一般的力氣。他一直做到六七年前，老了，完全沒有用了，才由曹大傑家裡趕出去。帶著兒子，狗一樣地住到一個草屋子裡，沒有半個人支憐惜他。他的婆子多年前就死了，和我的婆子一樣，而且他的家裡也再沒有別的人了！」

「就是這樣的，先生。我和他們爺兒倆做了朋友，而且做了親戚了。我是怎樣地喜歡這孩子呢？可以說比自己親生的兒子還要喜歡十倍。真的，先生！我是那樣用心地一個一個字去教他，而他也從不會間斷過，哪怕是颳風，落雨，下大雪，一約定，他都來的。我讀過的書雖說不多，然而教他卻也足有餘裕。先生，我是怎樣在希望這孩子成人啊！」

「自從那次夜深的談話以後，我教這孩子便特別用心了。他來的也更加勤密，而且讀書也更覺得刻苦了。他差不多天天都要來的，我一看到他，先生，我那老年人的心，便要溫暖起來了。我想：『我的心愛的孩子，你是太吃苦了啊！你雖然找了一條很好的路，但是你怎樣去安頓你自己的生活呢？白天裡揮汗吃力，夜晚還要讀書，跑路，做著你的有意思的事情！你看：孩子，你的眼睛陷進得多深，而且已經起了紅的圈圈了呢！』唉，先生！當時我雖然一面想，卻還一面這樣對他說：『孩子啊，安心地去做吧！不錯的——你們的路。乾爹老了，已經沒有用了。乾爹只能睜睜地看著你們去做了哩。愛惜自己一些，不要將身子弄壞了！時間還長得很呢，孩子喲！』但是，先生，我的口裡雖是這樣說，卻有一種另外的，可怕的想念，突然來到我的心裡了。而且，先生，這又是怎樣一種懦弱的，傷心的，不可告人的想念呀！可是，我卻沒有法子能夠壓制它。我只是暗暗為自己的老邁和無能悲嘆罷了！而且我的心裡還在想哩：也許這樣的事情不會來吧！好的人是絕不應該遭意外的事情的！但是先生，我怎樣了呢？我想的這些心思怎樣了呢？……唉，不能說哩！我不知道世界上真的有沒有天，而且天的心裡到底在想些什麼？為什麼人家希望的事，偏偏不來；不希望的，耽心的，可怕的事，卻一下子就飛來了？這到底是怎樣的一個天呢？而且又是怎樣的一個世界呢？先生，不能說哩。唉，唉！先生啊！」

因了風勢的過於猛烈，我們那扇破舊的小門和板壁，總是被吹得呀呀地作響。我們的後面也覺得有一股刺骨般的寒氣，在襲擊著我們的背心。劉月桂公公盡量地加大著火，並且還替我們摸出了一大捆乾枯的稻草來，靠塞到我們的身後。這老年的主人家的言詞和舉動，實在地太令人感奮了。他不但使我們忘記了白天路上跋涉的疲勞，而且還使我們忘記了這深沉，冷酷的長夜。

他只是短短地沉默了一會，聽了一聽那山谷間的，隱隱不斷的野狗和獸類的哀鳴。一種夜的林下的陰鬱的肅殺之氣，漸漸地籠罩到我們的中間來了。他也沒有再作一個其他的舉動，只僅僅去開看了一次那扇破舊的小門，便又睜動著他那歪斜的，深陷的，溼潤的眼睛，繼續起他的說話來了。

「先生，我說：如果一個人要過分地去約束和干涉他自己的兒子，那麼這個人便是一個十足的蠢子！就譬如我吧：我雖然有過一個孩子，但我卻從來沒有對他約束過，一任他自己去四處飄蕩，七八年來，不知道他飄蕩到些什麼地方去了，而且連訊息都沒有一個。因為年輕的人自有年輕人的思想，心情和生活的方法，老年人是怎樣也不應該去干涉他們的。一干涉，他們的心的和身的自由，便要死去了。而我的那愚拙的親家公，他不懂得這一點。先生，您想他是怎樣地去約束和干涉他的孩子呢？唉，那簡直不能說啊！除了到這裡來以外，他完全是孩子走一步便跟一步地囉嗦著，甚至於連孩子去大小便他都得去望望才放心，就像生怕有一個什麼人會一下子將他的孩子偷去賣掉的那樣。您想，先生，孩子已經不是一個三歲兩歲的娃娃了，又怎能那樣地去監視呢？為了這事情我還不知道向他爭論過幾多次哩，先生，我說：

「『親家公啦！您莫要老是這樣地跟著您的孩子吧！為的什麼呢？是怕給人家偷去呢？還是怕老鷹來銜去呢？您應當知道，他已經不是一個娃娃了呀！』

『是的，親家公。』他說，『我並不是跟他，我只是有些不放心他——就是了！』

『那麼，您有些什麼不放心他呢？』我說。

『沒有什麼，親家公。』他說，『我不過是覺得這樣：一個年輕的人，總應該管束一下子才好……』

『沒有什麼！』唉，先生！您想，一個人會懦弱到這樣的地步的：馬上說的話馬上就害怕承認得。於是，我就問他：

『那麼，親家公，你管束他的什麼呢？』

『沒有什麼，親家公，我只是想像我的爹爹年輕時約束我的那樣，不讓他走到壞的路上去就是了。』

『拉倒了您的爹爹吧！親家公！什麼是壞的路呢？』先生，我當時便這樣地生氣起來了。『您是想將您的漢生約束得同您自己一樣嗎？一生一世牛馬一樣地跟人家犁地耕田，狗一樣地讓人家趕出去嗎？……唉！你這愚拙的人啊！』先生，我當時只顧這樣生氣，卻並沒有看著他本人。但當我一看到他被我罵得低頭一言不發，只管在拿著他的衣袖抖戰的時候，我的心便完全軟了。我想，先生，世界上為什麼會有這樣可憐無用的人呢。他為什麼要生到這世界上來呢？唉，他的五六十歲的光陰如何度過的呢？於是先生，我就只能夠這樣溫和地去對答他了：

『莫多心了吧！親家公。莫要老是這樣跟著您的漢生了，多愛惜自己一些吧！您要再是這樣跟著，您會跟出一個壞結局來的，告訴您：您的漢生是用不著您擔心的了，至少比您聰明三百倍哩。』唉，先生，話有什麼用處呢？我應該說的，通統向他說過了。他一當了你的面，怕得你要命；背了你的面，馬上就四處去跟著，趕著他的兒子去了。

關於他兒子所做的事，大家都知道，是無論如何不能夠去告訴他的。因此我就再三囑咐漢生：不要在他爹爹面前露出行跡來了。但是，誰知道呢？這消息是從什麼地方走給他耳朵裡的呢？也許是漢生的同伴王老發吧，也許是曹三少爺和木匠李金生吧！但是後來據漢生說：他們誰都沒有告訴他過。大概是他自己暗中察覺出來的，因為他夜間也常常不睡地跟蹤著。總之，漢生的一切，他不久都知道就是了，因此我就叫漢生特別注意，處處都要防備著他的爹爹。

大概是大前年八月的夜間吧，先生，漢生剛剛從我這裡踏著月亮走出去，那個老年的愚拙的傢伙便立刻跟著追到這裡來了。因為沒有看見漢生，他便覺得有些不好意思那樣地走近我的身邊。然而，卻不說話。在大的月光的照耀下，他只是用他那老花的眼睛望著我，豬鬃那樣的幾根稀疏的鬍子，也輕輕地發著戰。我想：這老東西一定又是來找我說什麼話了，要不然他就絕不會變成一副這樣的模樣。於是，我就立刻放下了溫和的臉色，殷勤地接著他。

『親家公啦！您來又有什麼貴幹呢？』我開玩笑一般地說。

『沒有什麼，親家公，』他輕聲地說。『我只是有一樁事情不，不大放心，想和您來商量商量——就是了。』

『什麼呢，親家公？』

『關於您的乾兒子的情形，我想，親家公，您應該知道得很詳細吧！』

『什麼呢？關於漢生的什麼事情呢？噯，親家公？』

『他近幾個月來，不知道為了什麼事，……親家公！夜裡總常常一個通夜不回來。……』

『那又有什麼關係呢？』

『我想，親家公！他說不定是跟著什麼壞人，走到壞的路上去了。因為我常常看見他同李木匠王老發他們做一道。要是真的，親家公，您想：我將他怎麼辦呢？我的心裡啊……』

『您的心裡又怎樣呢？』

『怎樣？……唉，親家公，您修修好吧！您好像一點都不知道那樣的！您想‥假如我的漢生要有了什麼三長兩短，我還有命嗎？我不是要絕了後代了嗎？有誰來替我養老送終呢？將來誰來上墳燒紙呢？我又統共只有這一個孩子！唉，親家公，幫幫忙吧！您想想我是怎樣將這孩子養大起來的呢？別人家不知道，您總應該知道呀！我那樣千辛萬苦地養大了他，我要是得不到他一點好處，我還有什麼想頭呢？親家公！』

『那麼您的打算是應該將他怎樣呢？』先生，我有點鄭重起來了。

『沒有怎樣，親家公，』他說。這傢伙大概又對著月光看到我的臉色了。『您莫要生我的氣吧！我只是覺得有點害怕，有點傷心就是了！我能將他怎麼辦呢？……我不過是想……』

『啊——什麼呢？』

『我想，想……親家公，您是他的乾爹！只有您的話他最相信，您又比我們都聰明得多。我是想……想……求求您親家公對他去說一句開導的話，使他慢慢回到正路上來，那我就，就……親家公啊！就感——感……您的恩，恩……了。』

唉！先生！您想‥對待這樣的一個人，還有什麼法子呢？他居然也知道了他自己是不聽明的人。他說了那麼一大套，歸根結蒂——還不過是為了他自己沒有『得到他一點好處，』『怕』沒有人『養老送終』，『傷心』沒有人『上墳燒紙』罷了！而他自己卻又沒有力量去『開導』他的兒子，壓制他的兒子，只曉得狗一樣地跟蹤著，跟出來了又只曉得跑到我這裡來求辦法，叫『恩人！』您想，我還能對這樣可憐的，愚拙的傢伙說點什麼有意思的，能夠使他想得開通的話呢？唉，先生，不能說哩！當時我是實在覺得生氣，也覺得傷心。我極力地避開月光，為了怕他看出了我的不平靜的臉色。因為我心須盡我的義務，對他說幾句『開導』他的，使他想得通的話；雖然我明知道我的話對於這頭腦糊塗的人沒有用處，但是為了漢生的安靜，我也不能夠不說啊！

我說：『親家公啦！您剛才囉哩囉嗦地說了這麼一大套，到底為的什麼呢？啊，您是怕您的漢生走到壞的路上去嗎？那麼，您知道什麼路是壞的，什麼路才是好的呢？——您說：王老發，李金生他們都不是好人，是壞人！那麼他們的「壞」又都壞在什麼地方呢？——唉，親家公！我勸您還是不要這樣糊塗的亂說吧！凡事都應該自己先去想清一下子，再來開口的。您知道：您的年紀已經不小了呀！為什麼還是這樣地孩子一樣呢？您怎麼會弄得「絕後代」呢？您的漢生又幾時對您說過不給您「養老送終」呢？並且一個人死了就死了，沒有人來「上墳燒紙」又有什麼不得呢？噯，親家公，您是——蠢拙的人啊！』唉，先生，我當時是這樣嘆氣地說。『莫要再糟蹋您自己了吧，您已經糟蹋得夠了！讓我來真正告訴你這些事情吧：您的孩子並沒有走到什麼壞的路上去，您只管放心好了。漢生他比您聰明得多，而且他們年輕人自有他們年輕人的想法。至於王老發和李金生木匠他們就更不是什麼歹人，您何必囉嗦他們，干涉他們呢？您要知道：即算是您將您的漢生管束得同您一樣了，又有什麼好處呢？莫要說我說得不客氣，親家公，同您一樣至多也不過是替別人家做一世牛馬算了。譬如我對我的兒子吧，……八年了！您看我又有什麼了不得呢？唉，親家公啊！想得開些吧！況且您的兒子走的又並不是什麼壞的路，完全是為著我們自己。您還有什麼不放心的呢？唉，唉！親家公啊！您這可憐的，老糊塗一樣的人啊！』

唉，先生，您想他當時聽了我的這話之後怎樣呢？他完全一聲不做，只是呆呆地坐在那裡，賊一樣地用他那昏花的眼睛看著我，並且還不住地戰動著他的鬍子，開始流出眼淚來。唉，先生，我心完全給這東西弄亂了！您想我還能對他說出什麼話來呢？我只是這樣輕輕地去向他問了一問：

『喂，親家公！您是覺得我的話說得不對嗎，還是什麼呢？您為什麼又傷起心來了呢！』

這時候，先生，我還記得：那個大的，白白的月亮忽然地被一塊黑雲遮去了；於是，我們就對面看不清大家的面龐了。我不知道他一個人在黑暗中做了些什麼事。半天，半天了……才聽見他哀求一樣地說道：

『唉，不傷心哩，親家公！我只是想問一問您：我的漢生他們如果發生了什麼別的事情，我一個人又怎樣辦呢？唉，唉！我的——親家公啊……』

『不會的哩，親家公！您只管放心吧！只要您不再去跟著囉嗦著您的漢生就好了。您不知道一句這樣的話嗎——吉人自有天相的！何況您的漢生並不是蠢子，他怎麼會不知道招呼他自己呢？……』

『唔，是的，親家公！您說的——都蠻對！只是我……唔，嗯——總有點……不放心他……有點……害——怕——就是了！嗚嗚——……』

先生，這老傢伙站起來了，並且完全失掉了他的聲音，開始哽咽起來了。

『親家公，莫傷心了吧！好好地回去吧！』我也站起來送他了。『您傷心的什麼呢？替別人家做一世牛馬的好呢？還是自己有土地自己耕田的好呢？您安心地回去想情些吧！不要再糊塗了吧！』

唉，先生，還儘管囉囉嗦嗦地說什麼呢？一句話——他便是這樣一個懦弱的傢伙就是了，並且憑良心說：自從那次的說話以後，我沒有再覺得可憐這傢伙，因為這傢伙有很多地方有不應去給他可憐的。但是在那次——我卻騙了他，而且還深深地騙了自己。您想：先生！『吉人自有天相的』這到底是一句什麼狗屁話呢？幾時有過什麼『吉人』，幾時又看見過什麼『天相』呢？然而，我卻那樣說了，並且還那樣地禱告啦。這當然是我太愛惜漢生和太沒有學問的原故，因為我實在想不出一句適當的話去寬慰那個愚懦的人，也想不出一個法子來壓制和安靜自己。但是，先生，事情終於怎樣了呢？『吉人』是不是『天相』了呢？……唉，要回答，其實，在先前我早就說過了的。那就是——您所想的，希望的事，偏偏不來：耽心的，怕的和禍祟的事，一下子就飛來了！唉，先生，雖然他們那第一次飛來的禍事，都不是應在我的漢生的頭上，但是漢生的死，也就完全是遭了那次事的殃及哩，唉，唉！先生！啊……」

劉月桂公公因為用鐵鉗去撥了一拔那快要衰弱了的火焰。一顆爆裂的紅星，便突然地飛躍到他的鬍子上去了！這老年的主人家連忙用手尖去揮拂著，卻已經來不及了，燃斷掉三四根下來了。……我們都沒有說話。一種默默的，沉重的，憂鬱之感，漸漸地壓到了我們的心頭。因為這故事的激動力，和煩瑣反覆的情節的悲壯，已經深深地鎖住了我們的心喉，使我們插不進話去了。夜的山谷中的交錯的聲息，似乎都已經平靜了一些。然而愈平靜，就愈覺得世界在一步一步地沉降下去，好像一直欲沉降到一個無底的洞中去似地，使我們幾乎透不過氣來了。風雪雖然仍在飄降，但聽來卻也已經削弱了很多。一切都差不多漸漸在恢復夜的寂靜的常態了。劉月桂公公卻並沒有關心到他周圍的事物，他只是不住地增加著火勢，不住地運用著他的手，不住地蹙動著他的灰暗的眉毛和睜開他的那昏沉的，深陷的，歪斜的眼睛。

因為遭了那火花的飛躍的損失，他繼續著說話的時候，總是常常要用手去摸著，護衛著他那高翹著而有力量的鬍子。

「那第一次的禍事的飛來，」他接著說，「先生，也是在大前年的十一月哩。那時候，我們這裡的民團局因為和外來的軍隊有了聯絡，便想尋點什麼功勞去獻獻媚，巴結巴結那有力量的軍官上司，便不分日夜地來到我們這山前山後四處搜尋著。結果，那個叫做曹三少爺的，便第一個給他們弄去了。

這事情的發生，是在一個降著嚴霜的早上。我的乾兒子漢生突然地丟掉了應做的山中的工作，喘息呼呼地跑到我這裡來了。他一邊睜大著他那大的，深黑的眼睛，一邊上氣不接下氣地說：

「『乾爹，我們的事情不好了！曹三少爺給，給，給——他們天亮時弄去了！這怎，怎麼辦呢？乾爹……』

唉，先生，我當時聽了，也著實地替他們著急了一下呢。但是翻過來細細一想，覺得也沒有什麼大的了不得。因為我們知道：對於曹三少爺他們那樣的人，弄去不弄去，完全一樣，原就沒有什麼關係的。因為他們願不願意替窮人說話和做事，就只要看他們高興不高興便了，他們要是不高興，不樂意了，說不定還能夠反過來弄他的『同伴』一下子的。然而，我那僅僅只是忠誠，赤熱而沒有經歷的乾兒子，卻不懂得這一點。他當時看到我只是默默著不做聲，便又熱烈而認真地接著說：

『乾爹，您老人家怎麼不做聲呢？您想我們要是沒有了他還能怎麼辦呢？……唉，唉！乾爹啊！我們失掉這樣一個好的人，想來實在是一樁傷心的，可惜的事哩！』

先生，他的頭當時低下去了。並且我還記得：的確有兩顆大的，亮晶晶的眼淚，開始爬出了他那黑黑的，溼潤的眼眶。我的心中：完全給這赤誠的，血性的孩子感動了。於是，我便對他說：

『急又有什麼用處呢？孩子！我想他們不會將他怎樣吧！您知道，他的爹爹曹大傑還在這裡當「里總」呀，他怎能不設法子去救他呢？……』

『唉，乾爹！曹大傑不會救他哩！因為曹三少爺跟他吵過架，並且曹三少爺還常常對我們說他爹爹的壞話。您老人家想：他怎能去救這樣的兒子呢？……並且，曹三少爺是——好的，忠實的，能說話的腳色呀！』

『唉，你還早呢，你的經歷還差得很多哩，孩子！』我是這樣地撫摸著他底柔絲的頭髮，說，你只能夠看到人家的外面，你看不到人家的內心的：你知道他的心裡是不是同口裡相合呢？告訴你，孩子！越是會說話的人，越靠不住。何況曹德三的家裡的地位，還和你們相差這樣遠。你還知道「叫得好聽的狗，不會咬人——會咬人的狗，絕不多叫」的那句話嗎？……」

『乾爹，我不相信您的話！』這忠實的孩子立刻揩乾著眼淚叫起來了：『對於別人，我想：您老人家的話或者用得著的。但是對於曹三少爺，那您老人家就未免太，太不原諒他了！我不相信這樣的一個好的人，會忽然變節！』

『對的，孩子！但願這樣吧。你不要怪乾爹太說直話，也許乾爹老了，事情見得不明了。曹德三這個人我又不常常看見，我不過是這樣說說就是了。「寧可信其有，不可信其無。」你自己可以去做主張，凡事多多防備防備……不過曹德三少爺我可以擔待，絕不致出什麼事情……』

先生，就是這樣的。我那孩子聽了我的這話之後，也沒有再和我多辯，便搖頭嘆氣，怏怏不樂地走開了。我當時也覺得有些難過，因為我不應該太說得直率，以致刺痛了他那年輕的，赤熱的心。我當時也是怏怏不樂地回到屋子裡了。

然而，不到半個月，我的話便證實了——曹德三少爺安安靜靜地回到他的家裡去了。

這時候，我的漢生便十分驚異地跑來對我說：

『乾爹，你想：曹德三少爺怎樣會出來的？』

『大概是他們自己甘心首告了吧？』

『不，乾爹！我不相信會有這樣的事。三少爺是很有教養的人，他還能夠說出很動人的，很有理性的話來哩！』

『那麼，你以為怎樣呢？』

『我想：說不定是他的爹爹保出來的。或者，至多也不過是他的爹爹替他弄的手腳，他自己是絕不致於去那樣做的！』

『唉，孩子啊！你還是多多地聽一點乾爹的話吧！不要再這樣相信別人了，還是自己多多防備一下吧！』

『對的，乾爹。我實在應該這樣吧！』

『並且，莫怪乾爹說得直：你們還要時刻防備那傢伙——那曹三少爺……』

那孩子聽了我這話，突然地驚愕得張開了他的嘴巴和眼睛，說不出話來了。很久，他好像還不曾聽懂我的話一樣。於是，先生，我就接著說：

『我是說的你那「同伴」——那曹三少爺啦！』

『那該——不會的吧！乾爹！』他遲遲而且吃驚地，不大欲信地說。

『唉，孩子啊！為什麼還是這樣不相信你的乾爹呢？乾爹難道會害你嗎？騙你嗎？……』

『是，是——的！乾爹！』他一邊走，低頭回答道。並且我還清晰地聽見，他的聲音已經漸漸變得酸硬起來了。這時候我因為怕又要刺痛了他的心，便不願意再追上去說什麼。我只是想，先生，這孩子到底怎樣了呢？唉，唉，他完全給曹德三的好聽的話迷住了啊！

就是這樣地平靜了一個多月，大家都相安無事。雖然這中間我的好愚懦的親家公曾來過三四次，向我申訴過一大堆一大堆的苦楚，說過許多『害怕』和『耽心』的話。可是，我卻除了勸勸他和安慰安慰他之外，也沒有多去理會他。一直到前年正月十五日，元宵節的晚上，那第二次禍祟的事，便又突然地落到他們的頭上來了！

那一晚，當大家正玩龍燈玩得高興的時候，我那乾兒子漢生，完全又同前次一樣，匆匆地，氣息呼呼地溜到我這裡來了。那時候，我正被過路的龍燈鬧得頭昏腦脹，想一個人偷在屋子裡點一枝蠟燭看一點書。但突然地給孩子衝破了。我一看見他進來的那模樣，便立刻嚇了一跳，將書放下來，並且連忙地問著：

『又發生了什麼呢，漢生？』我知道有些不妙了。

他半天不能夠回話，只是睜著大的，黑得怕人的眼睛，呆呆地望著我。

『怎樣呢，孩子？』我追逼著，並且關合了小門。

『王老發給他們弄去了——李金生不見了！』

『誰將他們弄去的呢？』

『是曹——曹德三！乾爹……』他僅僅說了這麼一句，兩線珍珠一般的大的眼淚，便滔滔不絕地滾出來了！

先生，您想！這是怎樣的不能說的事啊！

那時候，我只是看著他，他也牢牢地望著我。……我不做聲他不做聲！蠟燭儘管將我們兩個人的影子搖得飄飄動動！可是，我卻尋不出一句適當的話來。我雖然知道這事情必然要來了，但是，先生，人一到了過分驚急的時候，往往也會變得愚笨起來的。我當時也就是這樣。半天，半天……我才失措一般地問道：

『到底怎樣呢？怎樣地發生的呢？……孩子！』

『我不知道。我一個人等在王老發的家裡，守候著各方面的訊息，因為他們決定在今天晚上趁著玩龍燈的熱鬧，去搗曹大傑和石震聲的家。我不能出去。但是，龍燈還沒有出到一半，王老發的大兒子哭哭啼啼地跑回來了。他說：『漢叔叔，快些走吧！我的爹爹給曹三少爺帶著兵弄去了！李金生叔叔也不見了！』這樣，我就偷到您老人家這裡來了！』

『唔……原來……』我當時這樣平靜地應了一句。可是忽然地，一樁另外的，重要的意念，跑到我的心裡來了，我便驚急地說：

『但是孩子——你怎樣呢？他們是不是知道你在我這裡呢？他們是不是還要來尋你呢？……』

『我不知道……』他也突然驚急地說——他給我的話提醒了。『我不知道他們在不在尋我？……我怎麼辦呢？乾爹…』

『唉，誠實的孩子啊！』先生，我是這樣地吩咐和嘆息地說：『你快些走吧！這地方你不能久留了！你是——太沒有經歷了啊！走吧，孩子！去到一個什麼地方去躲避一下！』

『我到什麼地方去呢，乾爹？』他急促地說：『家裡是萬萬不能去的，他們一定知道！並且我的爹爹也完全壞了！他天天對我囉嗦著，他還羨慕曹三忘八「首告」得好——做了官！您想我還能躲到什麼地方去呢？』

先生，這孩子完全沒有經歷地驚急得愚笨起來了。我當時實在覺得可憐，傷心，而且著急。

『那麼，其他的朋友都完全弄去了嗎？』我說。

『對的，乾爹！』他說，『我們還有很多人哩！我可以躲到楊柏松那裡去的。』

他走了，先生。但是走不到三四步，突然地又回轉了身來，而且緊緊地抱住著我的頸子。

『乾爹！』

『怎麼呢，孩子？』

『我，我只是不知道：人心呀——為什麼這樣險詐呢？……告訴我，乾爹！』」

「先生，他開始痛泣起來了，並且眼淚也來到了我的眼眶。我，我，我也忍不住了！」

「劉月桂公公略略停一停，用黑棉布袖子揩掉了眼角間溢出來的一顆老淚，便又接著說了：

『是的，孩子。不是同一命運和地位的人，常常是這樣的呢！』我說。『你往後看去，放得老練一些就是了！不要傷心了吧！這裡不是你說話的地方了。孩子，去吧！』

這孩子走過之後，第二天，……先生，我的那蠢拙的親家公一早晨就跑到我這裡來了。他好像準備了一大堆話要和我說的那樣，一進門，就戰動著他那豬鬃一樣的幾根稀疏的鬍子，吃吃地說：

『親家公，您知道王，王老發昨，昨天夜間又弄去了嗎？……』

『知道呀，又怎樣呢？親家公。』

『我想他們今天一，一定又要來弄，弄我的漢生了！』

『您看見過您的漢生嗎？』

『沒有啊——親家公！他昨天一夜都沒有回來……』

『那麼，您是來尋漢生的呢？還是怎樣呢？……』

『不，我知道他不在您這裡。我是想來和您商，商量一樁事的。您想，我和他生，生一個什麼辦法呢？』

『您以為呢？』我猜到這傢伙一定又有了什麼壞想頭了。『我實在怕呢，親家公！我還聽見他們說：如果弄不到漢生就要來弄我了！您想怎樣的呢？親家公……』

『我想是真的，親家公。因為我也聽見說過：他們那裡還正缺少一個爹爹要您去做呢。』先生，我實在氣極了。『要是您不願意去做爹爹，那麼最好是您自己帶著他去將您的漢生給他們弄到，那他們就一定不會來弄您了。對嗎，親家公？』

『唉，親家公——您為什麼老是這樣地笑我呢？我是真心來和您商量的呀！我有什麼得罪了您老人家呢！唉，唉！親家公。』

『那麼您到底商量什麼呢？』

『您想，唉，親家公，您想……您想曹德三少爺怎樣呢？……他，他還做了官哩！』

『那麼，您是不是也要您的漢生去做官呢？』先生，我實在覺得太嚴重了，我的心都氣痛了！便再也忍不住地罵道：『您大概是想嘗嘗老太爺和吃人的味道了吧，親家公？……哼哼！您這好福氣的，祿位高升的老太爺啊！』

先生，這傢伙看到我那樣生氣，更嚇得全身都抖戰起來了，好像怕我立刻會將他吃掉或者殺掉的那樣，把頭完全縮到破棉衣裡去了。

『唔，唔——親家公！』他說『您，怎麼又要罵我呢？我又沒有叫漢生去做官，您怎麼又要罵我呢？唉！我，我我不過是這樣說說別人家呀！』

『那麼，誰叫您說這樣的蠢話呢？您是不是因為在他家裡做了一世長工而去聽了那老狗和曹德三的籠哄，欺騙呢？想他們會叫您一個長工的兒子去做官嗎？……蠢拙的東西啊！您到底怎樣受他們的籠哄，欺騙的呢？說吧，說吧，說出來吧！您這豬一樣的人啊！』

『沒有啊——親家公！我一點都——沒有啊！』

先生，我一看見他那又欲哭的樣子，我的心裡不知道怎樣的，便又突然的軟下來了。唉，先生，我就是一個這樣沒有用處的人哩！我當時僅僅只追了他一句：

『當真沒有？』

『當真——一點都沒有啊！——親家公。……』

先生，就是這樣的，他去了。一直到第六天的四更深夜，正當我們這山谷前後的風聲緊急的時候，我的漢生又偷來了。他這回卻帶來了另外一個人，那個人就是木匠李金生。現在還在一個什麼地方帶著很多人衝來衝去的，但卻沒有能夠衝回到我們這老地方來。他是一個大個子，高鼻尖，黃黃的頭髮，有點像外國人的。他們跟著我點的蠟燭一進門，第一句就告訴我說：王老發死了！就在當天——第四天的早上。並且還說我那親家公完全變壞了，受了曹大傑和曹德三的籠哄，欺騙！想先替漢生去『首告』了，好再來找著漢生，叫漢生去做官。那木匠並且還是這樣地揮著他那砍斧頭一樣的手，對我保證說：

『的確的呢，桂公公！昨天早晨我還看見他賊一樣地溜進曹大傑的家裡去了。他的手裡還拿著一個包包，您想我還能哄騙您老人家嗎，桂公公？』

我的漢生一句話都不說。他只是失神地憂悶地望著我們兩個人，他的眼睛完全為王老發哭腫了。關於他的爸爸的事情，他半句言詞都不插。我知道這孩子的心，一定痛得很利害了，所以我便不願再將那天和他爹爹相罵的話說出來，並且我還替他寬心地說開去。

『我想他不會的吧，金牛哥！』我說，『他雖然蠢拙，可是生死利害總應當知道呀！』

『他完全是給怕死，發財和做官嚇住了，迷住了哩！桂公公！』木匠高聲地，生氣一般地說。

我不再作聲了。我只是問了一問漢生這幾天的住處和做的事情，他好像『心不在焉』那樣地回答著。他說他住的地方很好，很穩當，做的事情很多，因為曹德三和王老發所留下來的事情，都給他和李金生木匠擔當了。我當然不好再多問。最後，關於我那親家公的事情，大家又決定了：叫我天明時或者下午再去漢生家中探聽一次，看到底怎樣的。並且我們約定了過一天還見一次面，使我好告訴他們探聽的結果。

「可是，我的漢生在臨走時候還囑咐我說：

『乾爹，您要是再看了我的爹爹時，請您老人家不要對他責備得太利害了，因為他……唉，乾爹！他是什麼都不懂得哩！並且，乾爹，』他又說：『假如他要沒有什麼吃的了，我還想請您老人家……唉，唉，乾爹——』

先生，您想：在世界上還能尋到一個這樣好的孩子嗎？

就在這第二天的一個大早上，我冒著一陣小雪，尋到我那親家公的家裡去了。可是，他不在。茅屋子小門給一把生著鏽的鎖鎖住了。中午時我又去，他仍然不在。晚間再去，……我問他那做竹匠的一個癩痢頭鄰居，據說是昨天夜深時給曹大傑家裡的人叫去了。我想：完了……先生。當時我完全忘記了我那血性的乾兒子的囑咐，我暴躁起來了！我想——而且決定要尋到曹大傑家裡的附近去，等著，守著他出來，揍他一頓！可是，我還不曾走到一半路，便和對面來的一個人相撞了！我從不大明亮的，薄薄的雪光之下，模糊地一看，就看出來了那個人是親家公。先生，您想我當時怎樣呢？我完全沉不住氣了！我一把就抓著他那破棉衣的胸襟，厲聲地說：

『哼——你這老東西！你到哪裡去了呢？你告訴我——你幹的好事呀！』

『唔，嗯——親家公！沒有呵——我，我，沒有——幹什麼啊！』

『哼，豬東西！你是不是想將你的漢生連皮，連肉，連骨頭都給人家賣掉呢？』

『沒有啊——親家公。我完全——一點……都沒有啊——』

『那麼，告訴我！豬東西！你只講你昨天夜裡和今天一天到哪裡去了？』

『沒有啊！親家公。我到城，城裡去，去尋一個熟人，熟人去了啊！』

唉，先生，他完全顫動起來了！並且我還記得：要不是我緊緊地拉著他的胸襟，他就要在那雪泥的地上跪下去了！先生，我將他怎麼辦呢？我當時想，我的心裡完全急了，亂了——沒有主意了。我知道從他的口裡是無論如何吐不出真消息來的。因為他太愚拙了，而且受人家的哄騙的毒受得太深了。這時候，我忽然地記起了我的那天性的孩子的話：『不要將我的爹爹責備得太利害了！因為他什麼都不懂得！』先生，我的心又軟下去了！——我就是這樣地沒有用處。雖然我並不是在可憐耶傢伙，而是心痛我的乾兒子，可是我到底不應該在那個時候輕易地放過他，不揍他一頓，以致往後沒有機會再去打那傢伙了！沒有機會再去消我心中的氣憤了！就是那樣的啊，先生。我將他輕輕地放去了，並且不去揍他，也不再去罵他，讓他溜進他的屋子裡去了！

「到了約定的時候，我的乾兒子又帶了李金生跑來。當我告訴了他們那事情的時候，那木匠只是氣得亂蹦亂跳，說我不該一拳頭都不接，就輕易地放過他。我的乾兒子只是搖頭，流眼淚，完全流得像兩條小河那樣的，並且他的臉已經瘦得很利害了！被煩重的工作弄得憔悴了！眼睛也越加現得大了，深陷了！好像他的臉上除了那雙黑黑的眼睛以外，就再看不見了別的東西那樣的。這時候我的心裡的著急和悲痛的情形，先生，我想你們總該可以想到的吧！我實在是覺得他們太危險了！我叫他們以後絕不要再到我這裡來，免得給人家看到。並且我決意地要我的乾兒子和李金生暫時離開這山村子，等平靜了一下，等那愚拙的傢伙想清了一下之後再回來。為了要使這孩子大膽地離開故鄉去飄泊，我還引出自己的經歷來做了一個例子，對他說：

『去吧，孩子啊！同金生哥四處去飄遊一下，不要再拖延在這裡等禍事了！四處去見見世面吧！你看乾爹年輕的時候飄遊過多少地方，有的地方你連聽都沒有聽過哩。一個人，赤手空拳地，入軍營，打仗，坐班房……什麼苦都吃過，可是，我還活到六十多歲了。並且你看你的定坤哥，（我的兒子的名字，先生。）他出去八年了，信都沒有一個。何況你還有金生哥做同伴呢！』

可是，先生，他們卻不一定地答應。他們只是說事業拋不開，沒有人能夠接替他們那沉重的擔子。我當時和他們力爭說：擔子要緊——人也要緊！直到最後，他們終於被說得沒有了辦法，才答應著看看情形再說；如果真的站不住了，他們就到外面去走一趟也可以的。我始終不放心他們這樣的回答。我說：

『要是在這幾天他們搜尋得利害呢？……』

『我們並不是死人啊，桂公！』木匠說。

『他們走了，先生，』我的乾兒子實在不捨地說：

『我幾時再來呢，乾爹？』

『好些保重自己吧！孩子，處處要當心啊！我這裡等事情平靜之後再來好了！莫要這樣的，孩子！見機而作，要緊得很時，就到遠方去避一時再說吧！』」

「先生，他哭了。我也哭了。要不是有李金生在他旁邊，我想，先生，他說不定還要抱著我的頸子哭半天呢！唉！唉——先生，先生啊——又誰知道這一回竟成了我們的永別呢？唉，唉——先生，先生啊！」

火堆漸漸在熄死了，枯枝和枯葉也沒有了。我們的全身都給一種快要黎明時的嚴寒襲擊著，凍得同生鐵差不多。劉月桂公公只管在黑暗中戰得悉索地作響，並且完全停止了他的說話。我們都知道：這老年的主人家不但是為了寒冷，而且還被那舊有的，不可磨消的創痛和悲哀，沉重地鞭捶著！雄雞已經遙遙地啼過三遍了，可是，黎明還不即刻就到來。我們為了不堪在這嚴寒的黑暗中沉默，便又立刻請求和催促這老人家，要他將故事的「收場」趕快接著說下去，免得耗費時間了。

他摸摸索索地站起身來，沿著我們走了一個圈子，深深地嘆著氣，然後又坐了下去。

「不能說哩，先生！唉，唉！」他的聲音顫動得非常利害了。「說下去連我們的心都要痛死的。」但是，先生，我又怎能不給你們說完呢？唉，唉！先生，先生啊！

「大概過了半個多月的平靜日子，我們這山谷的村前村後，都現得蠻太平那樣的。先生！李金生沒有來，我的親家公也沒有來。我想事情大概是沒有關係了吧！親家公或者也想清一些了吧！可是，正當我準備要去找我那親家公的時候，忽然地，外面又起了風傳了——鬼知道這風傳是從什麼地方來的呢！我只是聽到那個癩痢頭竹匠對我說了這麼一句：『漢生給他的爹爹帶人弄去了！』我的身子便像一根木頭柱子那樣地倒了下去！先生，在那時候，我只一下子就痛昏了。並且我還不知道是什麼人在什麼時候給我弄醒來的。總之，當我醒來的時候，我的眼睛已經給血和淚弄模糊了！我所看見的世界完全變樣了！我雖然明知道這事情終究要來的，但我又怎能忍痛得住我自己呢？先生啊！我不知道做聲也不知道做事地，呆呆地坐了一個整日。我的棉衣通統給眼淚溼透了。一點東西都沒有吃。不知道世界上還有沒有比這更殘酷，更傷心的事情！為什麼這樣的事情偏偏要落到我的頭上呢？我想：我還有什麼呢？世界上剩給我的還有什麼呢？唉，唉！先生……

我完全不能安定，睡不是，坐不是，夜裡燒起一堆大火來，一個人哭到天亮。我雖然明知道『吉人天相』的話是狗屁，可是，我卻卑怯地念了一通晚。第二天，我無論如何忍痛不住了，我想到曹大傑的大門口去守候那個愚拙的東西，和他拚命。但是，我守了一天都沒有守到。夜晚又來了，我不能睡。我不能睡下去，就好像看見我的漢生帶著渾身血汙在那裡向我哭訴的一樣。一切夜的山谷中的聲音，都好像變成了我的漢生的悲憤的申訴。我完全喪魂失魄了。第三天，先生，是一個大風雨的日子，我不能夠出去。我只是咬牙切齒地罵那蠢惡的，愚拙的東西，我的牙齒都咬得出血了。『虎口不食兒肉！』先生，您想他還能算什麼人呢？

連夜的大風大雨，刮得我的心中只是炸開那樣地作痛。我掛記著我的乾兒子，我真是不能夠替他作想啊！先生，連天都在那裡為他流眼淚呢。我滾來滾去地滾了一夜，不能睡。也找不到一個能夠探聽出消息的人。天還沒有大亮，我就爬起來了，我去開開那扇小門，先生，您想怎樣呢？唉，唉！世界真會有這樣傷心的古怪事情的——我第一眼看見的就是那個要命的愚拙的傢伙。他為什麼會回到這裡來的呢？這又是怎樣一回事呢？唉，唉，先生！他完全落得渾身透溼，狗一樣地蹲在我的門外面，抖索著身子。他大概是來得很久了，蹲在那裡而不敢叫門吧！這時候，先生，我的心血完全湧上來了！我本是想要拿把菜刀去將他的頭頂劈開的，但是，我還沒有來得及翻身去，他就爬到泥地上跪下來了！他的頭搗蒜那樣地在泥水中搗著，並且開始小孩子一樣地放聲大哭了起來。先生，憑大家的良心說說吧！我當時對於這樣的事情應該怎樣辦呢？唉，唉！這蠢子——這瘋子啊！殺他吧？看那樣子是無論如何也下不去手的！不殺嗎？又恨不過，心痛不過！先生，連我都差不多要變成瘋子了呢！我的眼睛中又流出血來了！我走進屋子裡去，他也跟著，哭著，用膝頭爬了進來。唉，先生！怎樣辦呢？……

我坐著，他跪著。……我不做聲，他不做聲！他的身子抖，我的身子也抖！我的心裡只想連皮連骨活活的吞掉他，可是，我下不去手，完全沒有用！

『嗚——嗚……親家公！』半天了，他才昂著那泥水玷汙的頭，說。『恩，我的恩——人啊……打，打我吧！救救，我和孩，孩子吧！嗚，嗚——我的恩——親家公啊……』

先生，您想：這是怎樣叫人傷心的話呢！我拿這樣的人和這樣的事情怎麼辦呢？唉，唉，先生！真的呢，我要不是為了我那赤誠的，而又無罪受難的孩子啊！我當——時只是——

「『怎樣呢？——你這老豬啦！孩子呢？孩子呢？——』我提著他的溼衣襟，嚴酷地問他說。

『沒有——看見啊！親家公，他到——嗚，嗚——城，城裡，糧子裡去了哩！——嗚，嗚……』

『啊——糧子裡？……那麼，你為什麼還不跟去做老太爺呢？你還到我們這窮親戚這裡來做什麼呢？……』

『他，他們，曹大傑，趕，趕我出來了！恩——恩人啊！嗚，嗚！』

『哼！「恩人啊！」——誰是你的「恩人」呢？……好老太爺！你不要認錯了人啦……只有你自己才是你兒子的「恩人」，也只有曹大傑才是你自己的恩人呢！』

『先生，他的頭完全叩出血來了！他的喉嚨也叫嘶了！一種報復的，厭惡的，而且又萬分心痛的感覺，壓住了我的心頭。我放聲大哭起來了。他爬著上前來，下死勁地抱著我的腿子不放！而且，先生，一說起我那受罪的孩子，我的心又禁不住地軟下來了！看他那樣子，我還能將他怎麼辦呢？唉，先生，我是一生一世都沒有看見過蠢拙得這樣可憐的，心痛的傢伙呀！

『他，他們叫我自己到城，城裡去！』他接著說，『我去了！進，進不去呢！嗚，親家——恩人啊！』

唉，先生！直到這時候，我才完全明白過來了。我說：『老豬啦！你是不是因為老狗趕出了你，而要我陪你到城裡的糧子裡去問消息呢？』先生，他只是狗一樣地朝我望著，很久，並不做聲。『那麼，還是怎樣呢？』我又說。

『是，是，親家恩人啊！救救我的孩子吧——恩——恩人啊！』

就是這樣，先生！我一問明白之後，就立刻陪著他到城裡去了。我好像拖豬羊那樣地拖著他的溼衣袖，冒著大風和大雨，連一把傘都不曾帶得。在路上，仍舊是——他不作聲，我不作聲。我的心裡只是像被什麼東西在那裡踩踏著。路上的風雨和過路的人群，都好像和我們沒有關係。一走到那裡，我便叫他站住了；自己就親身跑到衙門去問訊和要求通報。其實，並不費多的周折，而衛兵進去一下，就又出來了。他說：官長還正在那裡等著要尋我們說話呢！唔！先生，聽了這話，我當時還著實地驚急了一下子！我以為還要等我們，是……但過細一猜測，覺得也沒有什麼。而且必須要很快地得到我的乾兒子的消息，於是，就大著膽子，拖著那豬人進去了。

那完全是一個怕人的場面啦！先生。我還記得：一進去，那裡面的內衛，就大聲地吆喝起來了。我那親家公幾乎嚇昏了，腿子只是不住地抖戰著。

『你們中間誰是文漢生的父親呢？』一個生著小鬍子的官兒，故意裝得溫和地說。

『我——是。』我的親家公一根木頭那樣地回答著。

『好哇！你來得正好！前兩天到曹大爺家裡去的是你嗎？』

『是！老爺！』

唉，先生！不能說哩。我這時候完全看出來了——他們是怎樣在擺布我那愚拙親家公啊！我只是牢牢地將我的眼睛閉著，聽著！

『那麼，你來又是做什麼的呢？』官兒再問。

『我的——兒子啦！老爺！』

『兒子？文漢生嗎？原來……老頭子！那給你就是婁！——你自己到後面的操場中去拿吧！』

先生，我的身子完全支持不住了，我已經快要昏痛得倒下去了！可是，我那愚拙的親家公卻還不知道，他似乎還喜得，高興得跳了起來，我聽著：他大概是想奔到後操場中去『拿兒子』吧！突然地，給一個聲音一帶，好像就將他帶住了！

『你到什麼地方去？老東西！』

『我的——兒子呀！』

先生，我的眼越閉越牢了，我的牙關咬得綳緊了。我只聽到另外一個人大喝道：

『哼！你還想要你的兒子哩，老烏龜！告訴你吧！那樣的兒子有什麼用處呢？「為非做歹！」「忤逆不孝！」「目無官長！」「咆哮公堂！」……我們已經在今天早晨給你……哼哼！槍斃了——你還不快些叩頭感謝我們嗎！嗯！要不是看你自己先來「首告」得好時……』

「先生！世界好像已經完全翻過一個邊來了！我的耳朵裡雷鳴一般地響著！眼睛

裡好像閃動著無數條金蛇那樣的。模糊之中，只又聽到另外一個粗暴的聲音大叫道：

『去呀！你們兩個人快快跪下去叩頭呀！這還不應當感激嗎……』

於是，一個沉重的槍托子，朝我們的腿上一擊——我們便一齊連身子倒了下去，不能夠再爬起來了！」

「唉，唉！先生，完了啊！——這就是一個從蠢子變痴子、瘋子的傷心故事呢！」

劉月佳公公將手向空中沉重地一擊，便沒有再作聲了。這時候，外面的，微弱的黎明之光已經開始破綻進來了。小屋子裡便立刻現出來了所有的什物的輪廓，而且漸漸地清晰起來了。這老年的主人家的灰白的頭，也靠到床沿上，歪斜的，微閉著的眼皮上，留下著交錯的淚痕。他的有力的鬍子，完全陰鬱地低垂下來了，錯亂了，不再高翹了。他的鬆弛的，寬厚的嘴唇，為說話的過度的疲勞，而頻頻地戰動著。他似乎從新感到了一個槍托的重擊那樣，躺著而不再爬起來了！我們雖然也覺十分疲勞，睏倦，全身疼痛得要命，可是，這故事的悲壯和人物的英雄的教訓，卻償還了我們的一切。我們覺得十分沉重地站起了身來，因為天明了，而且必須要趕我們的路。我的同伴提起了那小的衣包，用手去推了一推劉月桂公公的肩膊。這老年的主人家，似乎還才從夢境裡驚覺過來的一般，完全怔住了！

「就去嗎？先生！你們都不覺得疲倦嗎？不睡一下嗎？不吃一點東西去嗎？……」

「不，桂公公！謝謝你！因為我們要趕路。夜裡驚擾了您老人家一整夜，我們的心裡實在過意不去呢！」我說。

「唉！何必那樣說哩，先生。我只希望你們常常到我們這裡來玩就好了。我還囉嗦嗦地，擾了你們一整夜，使你們沒有睡得覺呢！」桂公公說著，他的手幾乎又要指到眼睛那裡去了。

我們再三鄭重地，親敬地和他道過了別，踏著碎雪走出來。一路上，雖然疲倦得時時要打瞌睡，但是只要一想起那傷心的故事中的一些悲壯的，英雄的人物，我們的精神便又立刻振作起來了！

前面是我們的路……

一九三六年七月四日，大病之後。

山村一夜

行軍掉隊記

一、山行

掉隊以後，我們，一共是五個人，在這荒山中已經走了四個整天了。我們的心中，誰都懷著一種莫大的恐怖。本來，依我們的計劃，每天應該多走三十里路，預料至多在這四天之內，一定要追上我們的部隊的。但是，我們畢竟是打了折扣，四天過了還沒有追上一半路程。徬徨，焦灼……各種各色的感慨的因子，一齊麇集在我們的心頭。

五個人中間，只有我一個人有一枝手槍——一枝土式的六子連——其餘的四個人，差不多都只靠著我這枝東西保護。傳令目，副官，勤務兵，外加上那一個最怕死的政治訓練辦公廳主任。

並不是因為我有了一枝手槍，就故意地驕傲了。實在地，我對於我的這幾位同伴，除了那個小勤務兵以外，其餘的三個，就沒有一個不使我心煩的。尤其是那一個最怕死的自稱為主任的傢伙。要不是為了他，我們至少不致於還延誤在山中，四五天追不到部隊。天亮了以後，看不見太陽，他不肯走；下午，太陽還高掛在半天空中，他就要落店。要是偶然在中途遇見了一個什麼不祥的徵兆，或者是迷途到一個絕路的懸崖上去了，他就要首先嚇得抖戰起來，面色蒼白，牙齒磕得崩崩地響。然而，一過了險境，看見了平安，他卻比什麼人都顯得神氣。

山路是那樣地崎嶇，曲折，荒涼得令人心悸，要很細心才能夠尋出正路來。幾天來，我們都沿著前面部隊經過時所作的記號，很迅速地攀行著。誰也是小心翼翼地，不敢大聲。我們知道，這姿山一帶的居民，一向就橫蠻得不講道理。他們也最討厭軍隊。往常，我們的大隊在這裡過境時，他們就曾經毫不客氣地截過尾子。他們並沒有槍，也沒有火炮。他們只憑著自己的鋤頭，廣眾的人數，在你的隊伍過得差不多了時，一下子從樹林裡面跳出來，猛不提防地把你最後的一排人，一班人，或者是行李擔子，通統刧去。鋤頭可以準確地把拿槍的打到山澗裡，使你來不及翻身掃射。全部去完了，等你前面的大隊知道了，調回來圍捕他們時，他們就一聲唿哨，通統鑽進樹林裡面，連影子都抓不回來。

過去的印象，的確是太深入我們的腦筋了，所以我們才恐怖得那樣厲害。尤其是雖有一枝手槍，卻比沒有還容易擺布的五個光身的人，如果不小心地把那班人觸怒了，還有命嗎？

訓練主任這個時候總是和我特別講得來，我也很能夠知道他的苦心和用意。但，我卻不時故意地捏造出一些恐怖的幻影來恫嚇他，使他發急。這，我並不是有心欺侮弱者，實在是我們中途太感到寂寞了，找不到一點能夠開開心的資料。

太陽漸漸把樹影兒拉長了，我們都加緊著腳步，想找一個能夠打尖過夜的客店，然而，沒有。

「怎麼辦呢？」傳令目和副官爺都發急了。

「不要緊的！」訓練主任停了一停，獻功似地說：「你看，那邊山腳下，不是還有一個人嗎？」

於是，我們就輕了一輕身上的小包袱，遠遠地趕著那個行人的後塵，追求著我們的安宿處。

二、白米飯

跟著那個不知名姓的人的背後，約莫走了兩三里路，天色已經漸漸地烏黑了。起先，因為距離得相當遠，那個人好像還不曾察覺，後來追隨得近了，他才知道後面有人。回頭看看，我們的幾件灰布衣服，便首先映入了他眼瞼，他不由的嚇了一跳，翻身就跑。

我們為了住宿問題，緊緊地釘著，追著。半里路之後，我們清晰地看見他轉了一個彎兒，躲進山谷中的一座小屋子裡去了。在偌大的一個山谷中，就只看見那麼一座小屋子，孤零零地豎立著。

我們跟過去——門兒關著，屋子裡鴉鵲無聲。

「怎麼辦呢？媽的！他把門關起來了。」訓練主任舉起一隻腳來，望著我，想踢過去。

「不要踢！」我向訓練主任搖了一搖頭。「讓我來叫叫他看。」我把耳朵貼在門邊上，用手指輕輕地敲著：「喂，朋友！開開門，讓我們借宿借宿吧！」

裡面沒有回答。隨後，我們又各別地敲叫了好些聲。副官和傳令目都不耐煩了，天也更加烏黑得厲害。他們不由的發了老脾氣，窮凶極惡地叫罵起來：

「不開門嗎？操你的祖宗，打！——」「打」字的聲音拖得特別長，特別大。果然，裡面的人回出話來了：

「老總爺！做做好事吧！我們這屋子大小。再過去五里路就有宿店的……」

「不行！我們非住你這裡……」副官越說越氣。

雙方又相持了一會。結果還是由我走到門邊去，輕輕地說了些好話，又安慰了他許多，我們只有五個人，臨時睡一忽就走，絕不多打擾他們！

半晌，他才將那扇小門開開著。

在細微的一線星光底下，那裡面有兩個被嚇作一團的孩子，看見我們哇的一聲哭了起來。

我們趁著說明了我們是掉隊的軍人，對他們絕沒有妨礙，叫他儘管放心。一路來我們還沒有吃晚飯，我們自己原由勤務兵帶著有一點米的，現在只借借他的鍋灶燒一下。那個人也還老實。他也向我們說明了他是一個安分守己的良民，他帶著老婆和孩子就在這小屋子裡過活著，一年到頭全靠山中的出息吃飯。今晚，起先他並不是故意不讓我們進門，實在是他不知道我們是什麼軍隊，他怕驚壞了他的老婆和孩子，真正是對我們不起的！並且，他還有點怕那個——那些本地山上的好漢們知道了要怪他，說他容留官兵住宿。所以……

我們跟著又向他解釋了一遍，他這才比較地安了心。

勤務兵和傳令目燒飯，兩個孩子站在火光旁邊望著。燒好了。一碗一碗盛出來，孩子們的頸子伸得像鴨子一樣。我們儘管吃，涎沫便從那兩個的小口裡流出來，實在饞不住了，才扭著他們的媽媽哭嚷著：

「嗚！媽媽……好香的白米飯啊！」媽媽不響，眼淚偷偷地從那兩副小臉兒上流下來了。

我和訓練主任的心中都有點兒不忍了，想盛出一碗來給那兩個孩子吃吃，但一轉眼看到自家都還不夠時，就只好硬著心腸兒咀嚼起來。

之後，訓練主任還要巴巴地去向他們追問：

「你們一年到頭吃些什麼呢?」

「唉!老總爺,苦啊!玉蜀黍,要留著還稅;山薯,山上的好漢們又要抽頭;平常日子,我們多半是吃糙米的……」

「糙米?」我夾著也問了一句。

「是呀——小糙樹的嫩根,拌在山薯裡吃!」

半晌,我們沒有回話。想起剛才不肯省下一小口兒飯來給那兩個孩子吃的情形,心中像給一種什麼東西束縛得緊緊了。

三、兩具死屍

因為要提防那小屋子的主人，去報信給山上的好漢們聽，所以天剛剛發白，我們就爬了起來，向那主人告過辭，尋著原來有行軍記號的路道走去。一路上，我們都不約而同地談論著：為什麼一個人自己種了玉蜀黍、山薯，辛辛苦苦地，一年到頭反而只能夠吃糙米。這其間，就只有那個小勤務兵最為感動，因為他的家裡也正是這樣喲——據他說——因為他一直都是愁眉皺眼的。

訓練主任的膽子似乎大了些，主要的還是在這兩天內並沒有遇到什麼驚心動魄的事蹟，所以他比任何人都要見得高興些了，他過去在什麼大學畢過業，他做過什麼偉大的文章，偉大的詩……一切的牛皮，都吹起來了。並且還要時時刻刻拉著人家去陪襯他，恭維他！

山路總算是比較平坦些了，雖然在茂密的樹林中還時刻發出來一些令人心悸的呼嘯。但據我們的估計，至遲再有一天，便可以追上我們的部隊了，十分的功程去了九分，還怕再出什麼了不得的亂子嗎？這麼一估計，訓練主任便高興得大叫大唱起來。

大約已經走了三十里路了吧，太陽已經爬上了古樹的尖頭，森林也漸見長得濃茂了，訓練主任的歌聲也更加高亢了。但不知道為了什麼，忽然那個前面引路的小勤務兵，會站住著驚慌失措起來，把訓練主任的歌聲打得粉碎！

「什麼事情，你見神見鬼！」副官吆喝著說。

「不，不得了！」勤務兵吃吃他說，「那，那邊，那邊，殺，殺……殺死了兩個人……」

「怎麼？」訓練主任渾身一戰，牙齒便磕磕地響將起來，他拖著勤務兵：「殺，殺了什麼人呀？」

「兩，兩個穿軍服的！」

「糟糕！」訓練主任的臉色馬上嚇得成了死灰。他急忙扯住我的手：「手槍呢？手槍呢？」

我故意地鎮靜了一下，沒有理會他——雖然我的心中也有一點兒發跳。勤務兵引路，我，副官，傳令目走在最前面，那個便老遠老遠地站著望著我們，不敢跟上來。

的確是躺著兩個穿軍服的！渾身全給血肉弄模糊了，看不出來是怎樣的面目。副官用力一腳——把一個踢了一個翻身，於是我們便從死者番號上看出了——真正是我們部隊裡的兄弟。看形勢，被害至多總還不到一個對時，大約是在昨天上午，剛剛大隊過完之後，被好漢們「截尾子」殺死的。一個的身上被砍了八九刀，一個連耳鼻嘴唇都給割掉了。看著會使我們幻想出他們那被殺害時的掙扎的慘狀，不由的不心驚肉跳起來。

像打了敗仗似的，我們跳過那兩具死屍，不顧性命地奔逃著。訓練主任的腿子已經嚇軟了。他一步一拖地哀告我們：

「喂！為什麼跑那樣快呢？救救我吧，我已經趕不上了呀！」

四、仇恨

一口氣跑了十多里路，大家都猜疑著約莫走過了危險地帶了，腳步才慢慢兒鬆弛下來，心裡可仍舊是那麼緊張地，小心地提防著。肚皮已經餓得空空了，小勤務兵袋裡的米也沒有了。我們開始向四圍找尋著午餐處。

在一座透過山澗的木橋旁邊，我們找著了四五家小店鋪。內中有兩三家已經貼上了封條沒有人再作生意了，只有當中的一家頂小的店門還開著。

那小店裡面僅僅只有一位年高的老太婆，眼淚婆娑地坐著，像在想著什麼心思。她猛的看見我們向她的屋子裡衝來，便嚇得連忙站起來，想將大門關上。可是沒有等她合上一半，我們就衝進了她的家中。

老太婆一下子將臉都氣紅了，她望望我們的手中都沒有殺人的傢伙，便睜動那凹進去了的，冒著火花的小眼珠子，向我們怪叫著：

「好哇！你們又跑到我的家中來了。」

「我們沒有來過啊，老太婆！我們是來買中飯吃的呀！」我說。

「買中飯吃的！不是你們是鬼？你們趕快把我的寶兒放回來，你們將他抓到哪裡去了？你們，你們……」老太婆的眼淚直滾。

「我們從來沒有看見過你的寶兒呀！老太婆。」訓練主任也柔和他說。

「沒有看見！昨天不是你們大夥抓去的嗎！好，好啊——」她突然轉身到房間裡面，摸出一把又長又大的剪刀來。「我的老命不要了！你們不還我的寶兒，你們還要來抓我！好——我們拼吧！」她不顧性命地向我們撲來，小眼珠子裡的火光亂迸！

「怎麼辦呢？」我們一面吩咐勤務兵和傳令目按住了發瘋了的老太婆的手，一面互相商量著。

「不要緊的！」訓練主任說，「我們不如把她趕到門外，將門關起來搜搜看。如果有米煮飯我們就煮，沒有米就跑開，再找別人家去！」

「不好！」副官連忙接著，「放到門外她一定要去山中喚老百姓的！不如把她暫時綁起來搜搜看。」

於是大家七手八腳的，將那老太婆靠著屋柱綁起來了。

「你們這些絕子絕孫的東西呀！你們殺了我吧！我和你們拼……」綁時她不住地

用口向我們的手上亂咬亂罵著。

關門搜查了一陣，總共還不到三四碗野山薯，只好迅速地，胡亂地弄吃了。又放了十來個銅元在桌子上，開開門，便趕著橋邊的大路跑去。

為避免麻煩，我們是一直到臨走時，還沒有解開那老太婆的繩子。好遠好遠了，還聽到她在裡面叫罵著——

「遭刀砍啦！紅炮子穿啦！」

五、最後的一宵

因為是最後的一宵了——明天就可以趕上部隊——所以我們對於宿店都特別謹慎。總算是快要逃出龍潭虎穴了，誰還能把性命兒戲呢？

這一家客店，似乎比較靠得住一點，在這山坳的幾家中。聽說昨晚大隊在這兒時還是駐的團部哩。只有一個老闆，老闆娘和兩個年輕的小夥計。

老闆是非常客氣的，這山坳裡十多家店家，就只有他家的生意興盛。招呼好，飯菜好，並且還能夠保險客人平安。

話雖然是這樣說，但是我們提防的心事卻一點也沒有放鬆。尤其是那位訓練主任老爺，他時常在對我的耳邊囑咐一道又一道，好像他就完全知道了這客店老闆是一個小說書裡開黑店的強盜似的：怎樣靠不住！怎樣可疑！就僅僅沒有看見人肉作坊裡的人皮人骨。

夜晚，我們幾個人擠在一個小房間裡，訓練主任把我和副官睡的一張床抬到門邊，緊緊地靠著。並且叫我拿手槍放在枕頭下，或者捏在手上，以備不時之需。

只有他——訓練主任——一個人翻來覆去地睡不著。

大約是三更左右吧，他突然把我叫醒了：

「喂！聽見嗎？」

「什麼啊！」我蠻不耐煩地。

「響槍呀！」

「狗屁！」

我打了一個翻身，又睡著了。

約莫又過了一點鐘，訓練主任再次地把我從夢中推醒：

「聽見嗎？聽見嗎？」

「什麼啊！」

「又響槍！」他鄭重他說。

我正想再睡著不理他，卻不防真的給一下槍聲震驚了我的耳鼓，我便只得爬起來，過細地聽著。以後是砰砰拍拍地又響了好些聲。

「不是我騙你的吧？」

聲音漸漸地由遠而近，很稀疏地，並不像要鬧大亂子。而且，就彷彿在這山坳的近處。

勤務兵，副官和傳令目，也都爬起來了。

槍聲漸漸稀，漸漸遠，漸漸地沉寂了……

老闆的客堂裡慢慢熱鬧起來。有的還在把機筒撥得嘩喇嘩喇地響，退子彈似地。

「糟糕！」訓練主任戰聲地傷心地唸著：「我，我，我還只活得二十八年啦！」

三十六顆牙們像嗑瓜子似地叫將起來。

我們都嚇得沒有了主張，伏在門邊，細細地想聽那些人說些什麼話。

聲音太嘈雜得聽不出來。很久很久才模糊地會意到兩句：

「……昨天早晨全走光了！你們來得太慢了啦！」這有點像老闆的聲音。

「連掉隊的一個都沒有嗎？」似乎又有一個人在說。

訓練主任抖戰得連床鋪都動搖起來了。

半晌，好像又是老闆的回答：

「沒有啊！」

我們都暗暗地唸了一聲「阿彌陀佛」。

天亮的時候，我們也明知道那班人走完了，卻還都不敢爬出房門，一直等到老闆親自跑來叫我們吃早飯。

訓練主任望見老闆，嚇得仍舊還同昨晚在房中一樣，抖戰得說不出活來。老闆看見他這一副可憐的樣子，不由的笑著說：

「這樣子也要跑出來當軍官，蠢傢伙！我要是肯害你們的，昨晚上你們還有命嗎？……」停停他又說：「趕快吃完飯走吧！要是今天你們還追不到你們的大隊，哼！」老闆的臉色立刻又變得莊重起來。

我們沒有再多說話了。恭恭敬敬地算還了房飯錢，又恭恭敬敬地跟老闆道過謝，拚命地追趕著我們的路程。

一直到下午四點多鐘，我們才望見我們的大隊。

夜雨飄流的回憶

一、天心閣的小客棧裡

十六年——一九二七——底冬初十月，因為父親和姊姊的遭難，我單身從故鄉流亡出來，到長沙天心閣側面的一家小客棧中搭住了。那時我的心境底悲傷和憤慨，是很難形容得出來的。因為貪圖便宜，客棧底主人便給了我一間非常陰黯的，潮霉的屋子。那屋子後面的窗門，靠著天心閣的城垣，終年不能望見一絲天空和日月。我一進去，就像埋在活的墓場中似的，一連埋了八個整天。

天老下著雨。因為不能出去，除吃飯外，我就只能終天地伴著一盞小洋油燈過日子。窗外的雨點，從古舊的城牆磚上滴下來，均勻地敲打著。狂風呼嘯著，盤旋著，不時從城牆的狹巷裡偷偷地爬進來，使室內更加增加了陰森、寒冷的氣息。

一到夜間，我就幾乎驚懼得不能成夢。我記得最厲害的是第七夜——那剛剛是我父親死難的百日（也許還是什麼其他的鄉俗節氣吧），通宵我都不曾合一闔眼睛。我望著燈光的一跳一跳的火焰，聽著隔壁的鐘聲，呼吸著那刺心的、陰寒的空氣，心中顫慄著！並且想著父親和姊姊臨難時的悲慘的情形，我不知道如何是好！而尤其是——自己的路途呢？交岔著在我的面前的，應該走哪一條呢？……母親呢？……其他的家中人又都飄流到什麼地方去了呢？

窗外的狹巷中的風雨，趁著夜的沉靜而更加瘋狂起來。燈光從垂死的掙扎中搖晃著，放射著最後的一線光芒，而終於幻滅了！屋子裡突然地伸手看不見自己的拳頭。我偷偷地爬起來了，摸著穿著鞋子，傷心地在黑暗中來回地走動著。一陣沙聲的，顫慄的夜的叫賣，夾雜於風雨聲中，波傳過來了。聽著——那就像一種耐不住飢寒的淒苦的創痛的哀號一般。

「結——麻花——哪！」

「油炸——豆——腐啊！」

隨後，我站著靠著床邊，懷著一種哀憐的，焦灼的心情，聽了一會。突然地，我的隔壁一家藥店，又開始喧騰起來了！

時鐘高聲地敲了一下。

我不能忍耐地再躺將下來，橫身將被窩矇住著。我想，我或者已經得了病了。因為我的頭痛得厲害，而且還看見屋子裡有許多燦爛的金光！

隔壁的人聲漸漸地由喧騰而鼎沸！鐘聲、風雨的呼聲和夜的叫賣，都被他的喧聲遮攔著。我打了一個翻身，閉上眼睛，耳朵便更加聽得清楚了。

「拍！嗚唉唉——嗚唉唉——拍——拍……」

一種突然的鞭聲和畜類底悲鳴將我驚悸著！我想，人們一定是在鞭趕一頭畜生工作或進牢籠吧！然而我錯了，那鞭聲並不只一聲兩聲，而悲鳴也漸漸地變成銳聲的號叫！

黑暗的，陰森的空氣，驟然緊張了起來。人們的粗暴而凶殘的叫罵和鞭撻，騾子（那時候我不知道是怎樣地確定那被打的是一頭騾子）的垂死的掙扎和哀號，一陣陣的，都由風聲中傳開去。

全客棧的人們大部驚醒了，發出一種喃喃的夢囈似的罵詈。有的已經爬起來，不安地在室中來回地走動！

我死死地用被窩包蒙著頭顱很久很久，一直到這些聲音都逐漸地消沉之後。於是，舊有的焦愁和悲憤，又都重新湧了上來。房子裡——黑暗；外邊——黑暗！騾子大概已經被他們鞭死了。而風雨卻仍然在悲號，流眼淚！我深深地感到：展開在我的面前的艱難底前路，就恰如這黑暗的怕人的長夜一般：馬上，我就要變成——甚至還不如——一個飢寒無歸宿的，深宵的叫賣者，或者一頭無代價的犧牲的騾子。要是自己不馬上振作起來，不迅速地提起向人生搏戰的巨大的勇氣——從這黑暗的長夜中衝鋒出去，我將會得到一個怎樣的結果呢？

父親和姊姊臨難時的悲慘的情形，又重新顯現出來了。從窗外的狹巷的雨聲之中，透過來了一絲絲黎明的光亮。我沉痛地咬著牙關地想，並且決定：

「天明，我就要離開這裡——這黑暗的陰森的長夜！並且要提起更大的勇氣來，搏戰地，去踏上父親和姊姊們曾經走過的艱難底棘途，去追尋和開拓那新的光明的路道！」

二、在南京

一九二八年十月八日，船泊下關，已經是晚上九點多鐘了。抱了什麼苦都願意吃，什麼禍都不怕的精神，提著一個小籃子，夾在人叢中間，擠到岸沿去。

馬路上刮著一陣陣的旋風，細微的雨點撲打著街燈的黃黃的光線。兩旁的店面有好些都已經關門安歇了。馬車伕和東洋車伕不時從黑角落裡發出一種冷得發啞了的招呼聲。

我縮著頭，跟著一大夥進城的東洋車和馬車的背後，緊緊地奔跑著，因為我不識路，而且還聽說過了十點鐘就要關城門。我的鞋子很滑，跑起來常常使我失掉重心，而幾乎跌倒。雨滴落到頸窩裡，和汗珠溶成一道，一直流到脊梁。我喘著氣，並且全身都忍耐著一陣溼熱的煎熬。

「站住！到哪裡去的？」

前面的馬車和東洋車都在城門前停住了。斜地裡閃出來一排肩著長槍的巡兵，對他們吆喝著。並且有一個走近來，用手電筒照一照我的籃子，問。

我慌著說：由湖南來，到城裡去找同鄉的。身邊只有這只籃子……

馬車和東洋車都通行了。我卻足足地被他們盤問了十多分鐘才放進去。

穿過黑暗的城門孔道，便是一條傾斜的馬路。風颳得更加狂大起來，雨點已經溼透到我的胸襟上來了。因為初次到這裡而且又無目的的原故，我不能不在馬路中間停一停，希圖找尋一個可能暫時安歇的地方。籃子裡只有十四個銅元了。我朝四圍打望著：已經沒有行人和開著的店面。路燈彎彎地沒入在一團黑的樹叢中。

我不禁低低地感嘆著。

後面偶爾飛來一兩乘汽車，濺得我滿身泥穢。我只能隨著燈光和大路，彎曲地，蹣跚地走著。漸漸地冷靜得連路旁都看不見人家了。每一個轉彎的陰黯的角落，都站著有掮槍的哨兵，他們將身手克全包藏在雨衣裡，有幾處哨兵是將我叫住了，盤問一通才放我走的。我從他們的口裡得知了到熱鬧的街道，還有很多很多路。並且馬上將宣布戒嚴，不能再讓行人過了。

就在一個寫著「三牌樓」的橫牌的路口上，我被他們停止了前進和後退。馬路的兩旁都是濃密的竹林，被狂風和大雨撲打得嗡嗡地響。我的腳步一停頓，身子便冷到顫慄起來！

「我怎麼樣呢？停在這裡嗎？朋友？……」我朝那個停止我前進的，包藏在雨衣裡面的哨兵回問著。那哨兵朝背後的竹林中用一枝手電筒指了一下。

「那中間……」他沙聲地，好像並不是對著我似他說。「有一個茅棚子，你可以去歇一歇的。一到天明——當然，你便好走動了……」

我順著他的電光，不安地，惶懼地鑽進林子中間去，不十餘步，便真有一個停放著幾副棺材的茅棚子。路燈從竹林的空隙中，斜透過雨絲來，微微地閃映著，使我還能膽壯地分辨得棺材的位置和棚子的大小。

我走進去，從中就升起了一陣腐敗的泥濘的氣味。棚子已經有好幾處破漏了。我靠著一口漆黑的棺木的旁邊，顫慄地解開我的溼淋淋的衣服。不知道怎樣的，每當我害怕和飢寒到了極度的時候，心中倒反而泰然起來了。我從容地從籃子裡取出一件還不曾浸溼的小棉衣來，將上身的短的溼衣更換著。

路燈從竹林和雨絲中間映出來層層的影幻。我將頭微靠到棺材上。思想——一陣陣的傷心的思想，就好像一團生角的，多毛的東西似的，不住地只在我的心潮中翻來覆去：

「故鄉！黑暗的天空……風和雨！父親和姊姊的深沉的仇恨！自家的苦難的，光明的前路！哨兵，手電，……棺材和那怕人的，不知名姓的屍身！」

這一夜——苦難的傷心的一夜，我就從不曾微微地闔一闔眼睛，一直到竹林的背後，透過了一線淡漠的黎明的光亮來時。

行軍散記

一、石榴園

沿桃花坪，快要到寶慶的一段路上，有好幾個規模宏大的石榴園。陰曆九月中旬，石榴已經長得爛熟了；有的張開著一條一條的嬌豔的小口，露出滿腹寶珠似的水紅色的子兒，逗引著過客們的涎沫。

我們疲倦得像一條死蛇。兩日兩夜工夫，走完三百五十里山路。買不起厚麻草鞋，腳心被小石子兒刮得稀爛了。一陣陣的痠痛，由腳心傳到我們的腦中，傳到全身。我們的口裡，時常乾渴得冒出青煙來。每個人都靠著那麼一個小小的壺兒盛水，經不起一口就喝完了，渴到萬不得已時，沿途我們就個別地跳出隊伍，去採拔那道旁的野山芋，野果實；或者是用洋磁碗兒，去瓢取溪澗中的渾水止渴。

是誰首先發現這石榴園的，我們記不起來了。總之，當時我們每個人都感到興奮。乾渴的口角裡，立刻覺得甜酸酸的，涎沫不住地從兩邊流下來。我們的眼睛，都不約而同地，通統釘在那石榴子兒身上，步子不知不覺地停頓著。我們中間，有兩個，他們不由分說地跳出列子，將槍扔給了要好的同伴們，光身向園中飛跑著。

「誰？誰？不聽命令……」

官長們在馬上叫起來了。

我們仍舊停著沒有動。園裡的老農夫們帶著驚懼的眼光望著我們發戰，我們是實在饞不過了，像有無數隻螞蟻兒在我們的喉管裡爬進爬出。無論如何都按捺不住了。列子裡，不知道又是誰，突然地發著一聲吆哨：「去啊！」我們便像一窩蜂似的，爭先恐後地向園中撲了攏來。

「誰敢動！奶奶個熊！違抗命令！槍斃……」

官長們在後面怒吼著。可是，誰也沒有耳朵去理會他。我們像猿猴似的，大半已經爬到樹上去了。

「天哪！老總爺呀！石榴是我們的命哪！摘不得哪！做做好事哪！」

老農夫們亂哭亂叫著，跪著，喊天，叩頭，拜菩薩……

不到五分鐘，每一個石榴樹上都摘得乾乾淨淨了。我們一邊吃著，一邊把乾糧袋子塞得滿滿。

官長們跟在後面，拿著皮鞭子亂揮亂趕我們，口裡高聲地罵著：「違抗命令！奶奶個熊！奶奶個熊！」一面也偶然偷偷地彎下腰來，拾起我們遺落著的石榴，往馬褲袋裡面塞。

重新站隊的時候，老農夫們望著大劫後的石榴園，可哭得更加慘痛了，官長門先向我們嚴厲地訓罵了一頓，接著，又回過頭來很和藹地安慰了那幾個老農夫。

「你們，只管放心，不要怕，我們是正式軍隊。我們，一向對老百姓都是秋毫無犯的！不要怕……」

老農夫們，凝著仇恨的，可憐的淚眼，不知道怎樣回答。

三分鐘後，我們都又吃著那寶珠似的石榴子兒，踏上我們的征程了。老遠老遠地，還聽到後面在喊：

「天哪！不做好事哪！我們的命完了哪！」

這聲音，一直釘著我們的耳邊，走過四五里路。

二、長夫們的話

出發時，官長們早就傳過話了：一到寶慶，就關一個月餉。可是，我們到這兒已經三天了，連關餉的消息都沒有聽見。

「準又是騙我們的，操他的奶奶！」很多兄弟們，都這樣罵了。

的確的，我們不知道官長們玩的什麼花樣。明明看見兩個長夫從團部裡挑了四木箱現洋回連來（湖南一帶是不用鈔洋的），但不一會兒，團部裡那個瘦子鬼軍需正，突然地跑進來了，和連長鬼鬼祟祟地說了一陣，又把那四箱現洋叫長夫們挑走了。

「不發餉，我操他的奶奶！」我們每一個人都不高興。雖然我們都知道不能靠這幾個撈什子錢養家，但三個月不曾打牙祭，心裡總有點兒難過；尤其是每次在路上行動時，沒有錢買草鞋和買香菸吃。不關餉，那真是要我們的命啊！

「不要問，到衡州一定發！」官長們又傳下話兒來了。

「到衡州？操他的奶奶，準又是騙我們的！」我們的心裡儘管不相信，但又有什麼辦法呢？「好吧！看你到了衡州之後，又用什麼話來對付我們！」

再出發到衡州去，是到了寶慶的第六天的早晨。果然，我們又看見兩個長夫從團部裡杭唷杭唷地把那四個木箱挑回了，而且木箱上還很鄭重地加了一張團部軍需處的封條。

「是洋錢嗎？」我們急急忙忙地向那兩個長夫問。

長夫們沒有作聲，搖了一搖頭，笑著。

「是什麼呢？狗東西！」

「是——封了，我也不曉得啊！」

這兩個長夫，是剛剛由寶慶新補過來的，真壞！老是那麼笑嘻嘻地，不肯把箱中的祕密向我們公開說。後來，惱怒了第三班的一個叫做「冒失鬼」的傢伙，提起槍把來硬要打他們，他們才一五一十地說出來了。

他們說：他們知道，這木箱裡面並不是洋錢：而是那個，那個……他們是本地人，一聞氣味就知道。這東西，在他們本地，是不值錢的。但是只要過了油子嶺的那個叫做什麼局的關卡，到衡州，就很值錢了。本來，他們平日也是靠偷偷地販賣這個吃飯的，但是現在不能了，就因為那個叫做什麼局的關卡太厲害，他們有好幾次都被查到了，挨打，遭罰，吃官司。後來，那個局裡的人也大半都認識他們了，他們才不敢再偷幹。明買明販，又吃不起那個局裡的捐稅錢。所以，他們沒法，無事做，只好跑到我們這部隊裡來做個長夫……說著，感慨了一陣，又把那油子嶺的什麼局裡的稽查員們大罵了一通……

於是，我們這才不被蒙在鼓裡，知道了達到寶慶不發餉的原因，連長和軍需正們鬼鬼祟祟的內幕……

「我操他的奶奶啊，老子們吃苦他賺錢！」那個叫做冒失鬼的，便按捺不住地首先叫罵起來了。

三、驕傲

因為聽了長夫們的話，使我們對於油子嶺這個地方，引起了特殊濃厚的興趣。

離開寶慶的第二天，我們便到達這油子嶺的山腳了。那是一座很高很高的山，橫亙在寶慶和衡州的交界處。山路崎嶇曲折，沿著山，像螺絲釘似的，盤旋上下。上山時，只能一個挨一個地攀爬著，並且還要特別當心。假如偶一不慎，失腳掉到山澗裡，那就會連屍骨都收不了的。

我們每一個人都小心翼翼地攀爬著。不敢射野眼，不敢作聲。官長們，不能騎馬，也不能坐轎子；跟著我們爬一步喘一口氣，不住地哼著「噯喲！噯喲！」如果說，官長與當兵的都應該平等的話，那麼，在這裡便算是最平等的時候。

長夫們，尤其是那兩個新招來的，他們好像並不感到怎樣的痛苦。挑著那幾個木箱子，一步一步地，從來沒有看見他們喘過氣。也許是他們的身體本來就比我們強，也許是他們往往來來爬慣了。總之，他們是有著他們的特殊本事啊！停住在山的半腰中，吃過隨身帶著的午飯，又繼續地攀爬著。一直爬到太陽偏了西了，我們才達到山頂。

「啊呀！這樣高啦！我操他的祖宗！」俯望著那條艱險的來路，和四圍環抱著的低山，我們深深地吐了一口惡氣，自驚自負地，罵起來了。

在山頂，有一塊廣闊的平地，並且還有十來家小小的店鋪。那個叫做什麼局的關卡，就設立在這許多小店鋪的中間。關卡里一共有二十多個稽查員，一個分局長，五六個士兵，三五門土炮。據說：設在衡州的一個很大的總局，就全靠這麼一個小關卡收入來給維持的。

想起了過去在這兒很多次的挨打，被罰，吃官司，那兩個長夫都憤慨起來了。他們現在已經身為長夫，什麼都「有所恃而不恐」了，心裡便更加氣憤著。當大隊停在山頂休息的時候，他們兩個一聲不響地，挑著那四個木箱子，一直停放到關卡的大門邊。一面用手指著地上的箱子，一面帶著驕傲的，報復似的眼光，朝那裡面的稽查和士兵們冷笑著。意思就是說：「我操你們祖宗啊！你還敢欺侮老子嗎？你看！這是什麼東西？你敢來查？敢來查？……」

裡面的稽查和士兵們，都莫名其妙地瞪著眼睛，望著這兩個神氣十足的久別了的老朋友，半晌，才恍然大悟，低著頭，怪難為情的：

「朋友，恭喜你啊！改邪歸正，辛苦啦！」

「唔！」長夫們一聲冷冷的加倍驕傲的回答。

四、捉刺客

到了衡州之後，因師部的特務連被派去「另有公幹」去了，我們這一連人，就奉命調到師部，作了師長臨時的衛隊。

師部設立在衡州的一個大旅館裡。那地方原是衡州防軍第XX團的團本部。因為那一個團長知道我們只是過路的，尋不到地方安頓，就好意地暫時遷讓給我們了。師部高級官長都在這裡搭住著。做衛隊的連部和其他的中下級官員，通統暫住在隔壁的幾間民房中。

我們，誰都不高興，主要的原因，還是沒有關著餉。說了的話不算，那原是官長的通常本領。但是這一回太把我們騙得厲害了，寶慶，衡州……簡直同哄小孩子似的。加以，我們大都不願意當衛隊，雖說是臨時性質，但「特務連」這名字在我們眼睛裡，畢竟有點近於卑劣啊！「媽的！怕死？什麼兵不好當，當衛隊？……」

因此，我們對於衛隊的職務，就有點兒不認真了，況且旅館裡原來就有很多閒人出入的。

沒有事，我們就找著小白臉兒的馬弁們來扯閒天。因為這可以使我們更加詳細地知道師長是怎樣一個人物：歡喜賭錢，吃酒，打外國牌，每晚上沒有窯姐兒睡不著覺；發起脾氣來，一聲不響，摸著皮鞭子亂打人……

日班過去了。

大約是夜晚十二點鐘左右了吧，班長把我們一共四五個從夢中叫醒，三班那個叫做冒失鬼的也在內。

「換班了，趕快起來！」

我們揉了揉眼睛，怨恨地：

「那麼快就換班了！我操他的祖宗！」

提著槍，垂頭喪氣地跑到旅館大門口，木偶似地站著。眼睛像用線縫好了似地，老是睜不開，昏昏沉沉，雲裡霧裡……

約莫又過了半個鐘頭模樣，彷彿看見兩個很漂亮的窯姐兒從我們的面前擦過去了。我們誰也沒有介意，以為她們是本來就住在旅館裡的。後來，據冒失鬼說：他還看見她們一直到樓上，向師長的房間裡跑去了。但是，他也聽見馬弁們說過，師長是每晚都離不了女人的，而且她們進房時，房門口的馬弁也沒有阻攔。當然，他不敢再作聲了。

然而，不到兩分鐘，師長的房間裡突然怪叫了一聲——「捉刺客呀！——」這簡直是一聲霹靂，把我們的魂魄都駭到九霄雲外去了。我們驚慌失措地急忙提槍跑到樓上，馬弁們都早已湧進師長的房間了。

師長嚇得面無人色。那兩個窯姐兒，脫下了夾外衣，露出粉紅色小衫子，也不住地抖戰著。接著，旅館老闆、參謀長、副官長、連長……通統都跑了攏來。

「你們是做什麼的？」參謀長大聲地威脅著。

「找，找，張，張，張團長的！」

「張團長？」參謀長進上一步。

「是的，官長！」旅館老闆笑嘻嘻地，「她們兩個原來本和張團長相好。想，想必是弄錯了，……因為張團長昨天還住這房間的。嘻！嘻嘻嘻——」

師長這個時候才恢復他的本來顏色，望著那兩個女人笑嘻嘻地：

「我睡著了，你們為什麼叫也不叫一聲就向我的床上鑽呢？哈哈！」

「我以為是張，張……」

「哈哈！哈哈……」又是一陣大笑。接著便跑出房門來對著我們，「混帳東西！一個個都槍斃！槍斃……假如真的是刺客，奶奶個熊，師長還有命嗎？奶奶個熊！槍斃你們！跪下！——」

我們，一共八個，一聲不做地跪了下來，心裡燃燒著不可抑制的憤怒的火焰，眼睛瞪得酒杯那麼大。冒失鬼更是不服氣地低聲反罵起來：

「我操你祖宗……你睏女人我下跪！我操你祖宗！」

五、不准拉

「我們是有紀律的正式隊伍，不到萬不得已時不准拉夫的。」官長們常常拿這幾句話來對我們訓誡著。因此，我們每一次的拉夫，也就都是出於「萬不得已」的了。

大約是離開衡州的第三天，給連長挑行李的一個長夫，不知道為什麼事情，突然半路中開小差逃走了。這當然是「萬不得已」的事情嘍，於是連長就吩咐我們揀那年輕力壯的過路人拉一個。

千百隻眼睛，像搜山狗似地，向著無邊的曠野打望著。也許是這地方的人早已知道有部隊過境，預先就藏躲了吧，我們幾個人扛著那行李走了好幾里路了，仍舊還沒有拉著。雖然，偶然在遙遠的側路上發現了一個，不管是年輕或年老的，但你如果呼叫他一聲，或者是隻身追了上去，他就會不顧性命地奔逃，距離隔得太遠了，無論怎樣用力都是追不到的。

又走了好遠好遠，才由一個眼尖的，在一座秋收後的稻田中的草堆子裡，用力地拉出了一個年輕角色。穿著夾長袍子，手裡還提著一個藥包，戰戰兢兢地，樣子像一個鄉下讀書人模樣。

「對不住！我們現在缺一個長夫，請你幫幫忙……」

「我，我！老總爺，我是一個讀書人，挑，挑不起！我的媽病著，等藥吃！做做好……」

「不要緊的，挑一挑，沒有多重。到前面，我們拿到了人就放你！」

「做做好！老總爺，我要拿藥回去救媽的病的。做做好！」那個人流出了眼淚，挨在地下不肯爬起來。

「起來！操你的奶奶！」連長看見發脾氣了，跳下馬來，舉起皮鞭子向那個人的身上下死勁地抽著。「敬酒不吃，吃罰酒！我操你個奶奶……」

那個人受不起了，勉強地流著眼淚爬起來，挑著那副七八十斤重的擔子，一步一歪地跟著我們走著，口裡不住地「做做好，老總爺！另找一個吧！」地唸著。

這，也該是那個人的運氣不好，我們走了一個整日了，還沒有找到一個能夠代替他的人。沒有辦法，只好硬留著他和我們住宿一宵。半晚，他幾次想逃都沒有逃脫，一聲媽一聲天地哭到天亮。

「是真的可憐啊！哭一夜，放了他吧！」我們好幾個人都說。

「到了大河邊上一定有人拉的，就比他挑到大河邊再說吧。」這是班長的解釋。

然而，到底還是那個傢伙太倒楣，大河邊上除了三四個老渡船伕以外，連鬼都沒有尋到一個。

「怎麼辦呢？朋友，還是請你再替我們送一程吧！」

「老總爺呀！老總爺呀！老總爺呀！做做好，我的媽等藥吃呀！」

到了渡船上，官長們還沒有命令我們把他放掉。於是，那個人就急得熱鍋上的螞蟻似地，滿船亂撞。我們誰也不敢擅自放他上岸去。

渡船搖到河的中心了，那個也就知道釋放沒有了希望。也許是他還會一點兒游泳術吧，靈機一動，趁著大家都不提防的時候，撲——通——一聲，就跳到水中去了！

湍急的河流，把他沖到了一個巨大的游渦中，他拚命地掙扎著。我們看到形勢危急，一邊趕快把船駛過去，一邊就大聲地叫了起來：

「朋友！喂！上來！上來！我們放你回去！」

然而，他不相信了。為了他自身的自由，為了救他媽的性命，他得拚命地向水中逃！逃！……

接著，又趕上一個大大的漩渦，他終於無力掙扎了！一升一落，幾顆酒杯大的泡沫，從水底浮上來；人，不見了！

我們急忙用竹篙打撈著，十分鐘，沒有撈到，「不要再撈了，趕快歸隊！」官長們在岸上叫著。

站隊走動之後，我們回過頭來，望望那淡綠色的湍急的渦流，像有一塊千百斤重的東西，在我們的心頭沉重地壓著。

有幾個思鄉過切的人，便流淚了。

六、發餉了

「發餉了！」這聲音多麼的令人感奮啊！跑了大半個月的路，現在總該可以安定幾天了吧。

於是，我私下便計算起來：

「好久了，媽寫信來說沒有飯吃，老婆和孩子都沒有褲子穿！自己的汗衫已經破得不能再補了；腳上沒有厚麻草鞋，跑起路來要給尖石子兒刺爛的。幾個月沒有打過一回牙祭，還有香菸……啊啊？總之，我要好好地分配一下。譬如說：扣去伙食，媽兩元，老婆兩元，汗衫一元，麻草鞋……不夠啊！媽的！總之，我要好好地分配一下。」

計算了又計算，決定了又決定，可是，等到四五塊雪白的洋錢到手裡的時候，心裡就又有點搖搖不定起來。

「喂！去，去啊！喂！」歡喜吃酒的朋友，用大指和食指做了一個圈兒，放在嘴巴邊向我引誘著。

「沒有錢啊！」我向他苦笑了一笑，口裡的涎沫便不知不覺地流了出來。

「喂！」又是一個動人的神祕的暗示。

「沒有錢啦！誰愛我呢？」我仍舊堅定我的意志。

「喂！」最後是冒失鬼跑了過來，他用手拍了一拍我的肩。「老哥，想什麼呢？四五塊錢幹雞巴？晚上跟我們去痛快地幹一下子，好嗎？」

「你這賭鬼！」我輕聲地罵了他一句，沒有等他再做聲，便獨自兒跑進兵舍中去躺下了。像有一種不可捉摸的魔力，在襲擊我的腦筋，使我一忽兒想到這，一忽兒又想到那。

「我到底應該怎樣分配呢？」我兩隻眼睛死死地釘住那五塊洋錢。做這樣，不能。做那樣，又不能。在這種極端的矛盾之下，我痛恨得幾乎想把幾塊洋錢扔到毛坑中去。

夜晚，是十一點多鐘的時候，冒失鬼輕輕地把我叫了起來。「老哥，去啊！」我只稍稍地猶疑了一下，接著，便答應了他們。「去就去吧！媽的，反正這一點雞巴錢也作不了什麼用場。」

六、發餉了

我們，場面很大，位置在毛坑的後面，離兵舍不過三四十步路。戒備也非常周密，三步一崗，五步一哨。只要官長們動一動，把風的就用暗號告訴我們，逃起來，非常便利。

「喂！天門兩道！」

「地冠！和牌豹！」

「喂！天門什麼？」冒失鬼叫了起來。

「天字九，忘八戴頂子！」

「媽的！通賠！」

洋錢，銅板，飛著，飛著，……我們任情地笑，任情地講。熱鬧到十分的時候，連那三四個輪流把風的也都按捺不住了。

「你們為什麼也跑了來呢？」莊家問。

「不要緊，睡死了！」

於是，撤消了哨線，又大幹特幹起來。

「天冠！」

「祖宗對子！」

正幹得出神時候，猛不提防後面伸下來一隻大手把地上的東西通統按住了。我們連忙一看——大家都嚇得一聲不響地站了起來。

「是誰幹起來的？」連長的面孔青得可怕。

「報告連長！是大家一同幹的！」

「好！」他又把大家環顧了一下，數著：「一，二，三……好，一共八個人，這地上有三十二塊牌，你們一人給我吃四塊，趕快吃下去。」

「報告連長！我們吃不得！」是冒失鬼的聲音。

「吃不得？槍斃你們！非吃不可！——」

「報告連長！實在吃不得！」

「吃不得？強辯！給我通統綁起來，送到禁閉室去！」

我們，有的笑著，有的對那幾個把風的埋怨著，一直讓另外的弟兄們把我們綁送到黑暗的禁閉室裡。

「也罷，落得在這兒休息兩天，養養神，免得下操！」冒失鬼說著，我們大夥兒都啞然失笑了。

岳陽樓

岳陽樓

諸事完畢了，我和另一個同伴由車站雇了兩部洋車，拉到我們一向所景慕的岳陽樓下。

然而不巧得很，岳陽樓上恰恰駐了大兵，「遊人免進」。我們只得由一個車伕的指引，跨上那岳陽樓隔壁的一座茶樓，算是作為臨時的替代。

心裡總有幾分不甘。茶博士送上兩碗頂上的君山茶，我們接著沒有回話。之後才由我那同伴發出來一個這樣的議論：「『不入虎穴，焉得虎子！』我們不如和那裡面的駐兵去交涉交涉！」

由茶樓的側門穿過去就是岳陽樓。我們很謙恭地向駐兵們說了很多好話，結果是：不行！

心裡更加不樂，不樂中間還帶了一些兒憤慨的成分，悶悶地然而又發不出脾氣來。這時候我們只好站在城樓邊，順著茶博士的手所指著的方向，像看電影畫面裡的遠景似的，概略地去領略了一點兒「古蹟」的皮毛。我們知道了那兵舍的背面有一塊很大的木板，木板上刻著的字兒就是傳誦千古的〈岳陽樓記〉。我們知道了那懸著一塊「官長室」的小牌兒的樓上就是岳陽樓。那裡面還有很多很多古今名人的匾額，那裡面還有純陽祖師的聖像和白鶴童子的仙顏，那裡面還有——據說是很多很多，可是我們一樣都不能看到。

「何必呢？」我的同伴有點不耐煩了，「既然逛不痛快，倒不如回到茶樓上去看看山水為佳！」

我點了點頭。茶博士這才笑嘻嘻地替我們換上兩壺熱茶，又加上點心和瓜子，把座位移近到茶樓邊上。

湖，的確是太美麗了：淡綠微漪的秋水，遼闊的天際，再加上那遠遠豎立在水面的君山，一望簡直可以連人們的俗氣都洗個乾淨。小艇兒鴨子似地浮蕩著，像沒有主宰，樓下穿織著的漁船，遠帆的隱沒，處處都欲把人們吸入到圖畫裡去似的。我不禁興高采烈起來了：「啊啊，難怪詩人們都要做山林隱士，要是我也能在這裡做一個優遊水上的漁民，那才安逸啊。」回頭，我望著茶博士羨慕似地笑道：

「喂！你們才快活啦！」

「快活？先生？」茶博士莫名其妙地吃了一驚，苦笑著。

「是呀！這樣明媚的湖山，你們還不快活嗎？」

「快活！先生，唉！」茶博士又愁著臉兒搖了搖頭，半晌沒有下文回答。我的心中卻有點兒生氣了。也許是這傢伙故意來掃我的興的吧，不由的追問了他一句：「為什麼不快活呢？」

「唉！先生，依你看也許是快活的啊！」

「為什麼呢？」

「這年頭，唉！先生，你不知道呢！」茶博士走近前來：「光是這岳陽樓下，唉！不像從前了啊！先生，你看那個地方就差不多每天都有人來上吊的！」他指那懸掛在城樓邊的那一根橫木。「三更半夜，駕著小船兒，輕輕靠到那下面，用一根繩子……唉！一年到頭不知道有多少啊！還有跳水的，……」

「為什麼呢？」

「為什麼！先生，吃的、穿的，天災、水旱、兵，魚和稻又賣不出錢，捐稅又重！」看他的樣子像欲哭。

「那麼，你為什麼也不快活呢？」

「我，唉！先生，沒有飯吃，跑來做堂倌，偏偏又遇著老闆的生意不好！」

「啊——」我長長地答了一聲。

接著，他又告訴了我許多許多。他說：這岳陽樓的風水很多年前就壞了，現在已經不能夠保佑岳州的人了，無論是種田，做生意，打魚，開茶館，……沒有一個能夠享福賺錢的。純陽祖師也不來了，到處都是死路了。湖裡的強盜一天一天加多，來往的客商都不敢從這兒經過，尤其是遊君山和遊岳陽樓的，年來差不多快要絕蹤。況且，兩個地方都還駐紮著有軍隊……

我半晌沒有回話。一盆冷水似地，把我的興致都潑滅完了。我從隱士和漁民的幻夢裡清醒過來，頭不住地一陣陣往下面沉落！我低頭再望望那根城樓上的橫木，望望那些漁船，望望水，望望君山，我的眼睛會不知不覺地起著變化，變化得模裡模糊起來，黑暗起來，美麗的湖山全部幻滅了。我不由的引起一種內心的驚悸！

之後，我催促著我的同伴快些會過帳，像戰場上的逃兵似地，我便首先爬下了茶樓，頭也不回地，就找尋著原來的路道跑去。

一路上，我不敢再回想那茶博士所說的那些話。我覺得我非常慶幸，我還沒有真正地做一個岳陽樓下的漁民。至少，在今天，我還能夠比那班漁民們多苟安幾日。

岳陽樓

古渡頭

古渡頭

太陽漸漸地隱沒到樹林中去了，晚霞散射著一片凌亂的光輝，映到茫無際涯的淡綠的湖上，現出各種各樣的彩色來。微風波動著皺紋似的浪頭，輕輕地吻著沙岸。

破爛不堪的老渡船，橫在枯楊的下面。渡夫戴著一頂尖頭的斗笠，彎著腰，在那裡洗刷一葉斷片的船篷。

我輕輕地踏到他的船上，他抬起頭來，帶血色的昏花的眼睛，望著我大聲地生氣地說道：

「過湖嗎，小夥子？」

「唔，」我放下包袱，「是的。」

「那麼，要等到天明嘍。」他又彎腰做事去了。

「為什麼呢？」我茫然地。

「為什麼，小夥子，出門簡直不懂規矩的。」

「我多給你些錢不能嗎？」

「錢，你有多少錢呢？」他的聲音來得更加響亮了，教訓似地。他重新站起來，拋掉破篷子，把斗笠脫在手中，立時現出了白雪般的頭髮。「年紀輕輕，開口就是

『錢』，有錢連命都不要了嗎？」

我不由的暗自吃了一驚。

他從艙裡拿出一根煙管，用粗糙的滿是青筋的手指燃著火柴。眼睛越加顯得細小，而且昏黑。

「告訴你，」他說，「出門要學一點乖！這年頭，你這樣小的年紀……」他飽飽地吸足著一口煙，又接著：「看你的樣子也不是一個老出門的。哪裡來呀？」

「從軍隊裡回來。」

「軍隊裡？……」他又停了一停：「是當兵的吧，為什麼又跑開來呢？」

「我是請長假的。我的媽病了。」

「唔！」

兩個人都沉默了一會兒，他把煙管在船頭上磕了兩磕，接著又燃第二口。

夜色蒼茫地侵襲著我們的周圍，浪頭蕩出了微微的合拍的呼嘯。我們差不多已經對面瞧不清臉膛了。我的心裡偷偷地發急，不知道這老頭子到底要玩個什麼花頭。於是，我說：

「既然不開船，老頭子，就讓我回到岸上去找店家吧！」

「店家，」老頭子用鼻子哼著。「年輕人到底是不知事的。回到岸上去還不同過湖一樣的危險嗎？到連頭鎮去還要退回七里路。唉！年輕人……就在我這船中過一宵吧。」

他擦著一根火柴把我引到船艘後頭，給了我一個兩尺多寬的地位。好在天氣和暖，還不致於十分受凍。

當他再接火柴吸上了第三口煙的時候，他的聲音已經比較地和暖得多了。我睡著，一面細細地聽著孤雁唳過寂靜的長空，一面又留心他和我所談的一些江湖上的情形，和出門人的祕訣。

「……就算你有錢吧，小夥子，你也不應當說出來的。這湖上有多少歹人啊！我在這裡已經駕了四十年船了……我要不是看見你還有點孝心，唔，一點孝心……你家中還有幾多兄弟呢？」

「只有我一個人。」

「一個人，唉！」他不知不覺地嘆了一聲氣。

「你有兒子嗎，老爹？」我問。

「兒子！唔，……」他的喉嚨哽住著。「有，一個孫兒……」

「一個孫兒，那麼，好福氣啦。」

「好福氣？」他突然地又生起氣來了。「你這小東西是不是罵人呢？」

「罵人？」我的心裡又茫然了一回。

「告訴你，」他氣憤他說，「年輕人是不應該譏笑老人家的。你曉得我的兒子不回來了嗎？哼！」歇歇，他又不知道怎麼的，接連嘆了幾聲氣，低聲地說：「唔，也許是你不知道的。你，外鄉人……」

他慢慢地爬到我的面前，把第四根火柴擦著的時候，已經沒有煙了，他的額角上，有一根一根的紫色的橫筋在凸動。他把煙管和火柴向艙中一摔，周圍即刻又黑暗起來……

「唉！小夥子啊！」聽聲音，他大概已經是很感傷了。「我告訴你吧，要不是你還有點孝心，唔！我是歡喜你這樣的孝順的孩子的。是的，你的媽媽一定比我還歡喜你，要是在病中看見你這樣遠跑回去。只是，我呢？唔，……我，我有一個桂兒……

「你知道嗎?小夥子，我的桂兒，他比你還大得多呀!是的，比你大得多。你怕不認識他吧?啊你，外鄉人……我把他養到你這樣大，這樣大，我靠他給我賺飯吃呀!」

「他現在呢?」我不能按捺地問。

「現在，唔，你聽呀!那個時候，我們爺兒倆同駕著這條船。我，我給他收了個媳婦……小夥子，你大概還沒有過媳婦兒吧。唔，他們，他們是快樂的!我，我是快樂的!」

「他們呢?」

「他們?唔，你聽呀!那一年，那一年，北佬來，你知道了嗎?北佬是打了敗仗的，從我們這裡過身，我的桂兒，……小夥子，擄夫子你大概也是擄過的吧，我的桂兒給北佬兵拉著，要他做騾子。桂兒，他不肯，臉上一拳!我，我不肯，臉上一拳!小夥子，你做過這些個喪天良的事情嗎?……」

「是的，我還有媳婦。可是，小夥子，你應當知道，媳婦是不能同公公住在一起的。等了一天，桂兒不回來;等了十天，桂兒不回來;等了一個月，桂兒不回來……」

「我的媳婦給她娘家接去了。」

「我沒有了桂兒，我沒有了媳婦……小夥子，你知道嗎？你也是有爹媽的……我等了八個月，我的媳婦生了一個孫兒，我要去抱回來，媳婦不肯。她說：『等你兒子回來時，我也回來。』」

「小夥子！你看，我等了一年，我又等了兩年，三年……我的媳婦改嫁給賣肉的朱鬍子了，我的孫子長大了。可是，我看不見我的桂兒，我的孫子他們不肯給我……他們說：『等你有了錢，我們一定將孫子給你送回來。』可是，小夥子，我得有錢呀！

是的，六年了，算到今年，小夥子，我沒有做過喪天良的事，譬如說，今天晚上我不肯送你過湖去……但是，天老爺的眼睛是看不見我的，我，我得找錢……

結冰，落雪，我得過湖，颳風，落雨，我得過湖……

年成荒，捐重，湖裡的匪多，過湖的人少，但是，我得找錢……

小夥子，你是有爹媽的人，你將來也得做爹媽的，你老了，你也得要兒子養你的，……可是人家連我的孩子都不給我……」

「我歡喜你，唔，小夥子！要是你真的有孝心，你是有好處的，像我，我一定得死在這湖中。我沒有錢，我尋不到我的桂兒，我的孫子不認識我，沒有人替我做墳，沒有人給我燒錢紙……我說，我沒有喪過天良，可是天老爺他不向我睜開眼睛……」

他逐漸地說得悲哀起來，他終於哭了。他不住地把船篷弄得呱啦呱啦地響；他的腳在船艙邊下力地蹬著。可是，我尋不出來一句能夠勸慰他的話，我的心頭像給什麼東西塞得緊緊的。

「就是這樣的，小夥子，你看，我還有什麼好的想頭呢？——」

外面風浪漸漸地大了起來，我的心頭也塞得更緊更緊了。我拿什麼話來安慰他呢？這老年的不幸者——

我翻來覆去地睡不著，他翻來覆去地睡不著。我想說話，沒有說話；他想說話，他已經說不出來了。

外面越是黑暗，風浪就越加大得怕人。

停了很久，他突然又大大地嘆了一聲氣：

「唉！索性再大些吧！把船翻了，免得久延在這世界上受活磨！——」以後便沒有再聽到他的聲音了。

可是，第二天，又是一般的微風，細雨。太陽還沒有出來，他就把我叫起了。

他仍舊跟我昨天上船時一樣，他的臉上絲毫看不出一點異樣的表情來，好像昨夜間的事情，全都忘記了。

我目不轉睛地瞧著他。

「有什麼東西好瞧呢？小夥子！過了湖，你還要趕你的路程呀！」

「要不要再等人呢？」

「等誰呀？怕只有鬼來了。」

離開渡口，因為是走順風，他就搭上櫓，扯起破碎風篷來。他獨自坐在船艄上，毫無表情地捋著雪白的鬍子，任情地高聲地朗唱著：

我住在這古渡的前頭六十年。

我不管地，也不管天，我憑良心吃飯，我靠氣力賺錢！

有錢的人我不愛，無錢的人我不憐！

南行雜記

一、熊飛嶺

熊飛嶺，這是一條從衡州到祁陽去的要道，轎伕們在吃早飯的時候告訴過我。他們說：只要上山去不出毛病，準可以趕到山頂去吃午飯的。

我揭開轎簾，縱眼向山中望去，一片紅得怪可愛的楓林，把我的視線遮攔了。要把頭從側面的轎窗中伸出去，仰起來，才可以看到山頂，看到一塊十分狹小的天。

想起轎伕們在吃早飯的時候說的那些話，我的心中時時刻刻驚疑不定。我不相信世界上會真正有像小說書上那樣說得殘酷的人心——殺了人還要吃肉；尤其是說就藏躲在那一片紅得怪可愛的楓林裡。許多轎伕們故意捏造出來的吧，為了要多增加幾個轎錢，沿途抽抽鴉片……

轎身漸漸地朝後仰了，我不能不把那些雜亂的心事暫時收下來。後面的一個轎伕，已經開始了走一步喘一口氣，負擔的重心，差不多全部落在他身上。山路愈走愈陡直，盤旋，曲折，而愈艱險。靠著山的邊邊上，最寬的也不過兩尺多。如果偶一不慎，失足掉下山澗，那就會連人連轎子的屍骨都找不到的。

「先生，請你老下來走兩步，好嗎？……唔！實在的，太難走了，只要爬過了那一個山峰……」轎伕們吞吐地，請求般地說。

「好，」我說，「我也怕啊！」

腳總是痠軟的；我走在轎子的前面，踏著陡直的尖角的石子路兒，慢慢地爬著。我的眼睛不敢亂瞧。轎伕們，因為負擔減輕了，便輕快地互相談起來。由莊稼，鴉片煙，客店中的小娼婦——一直又談到截山的強盜……「許是嚇我的吧，」我想。偶然間，我又俯視了一下那萬丈深潭的山澗，我的渾身都不由地要顫慄起來了，腳痠軟得更加厲害。「是啊！這樣的艱難的前路，要真正地跑出來兩個截山的強盜，那才是死命哩！」

這樣，我不敢再往下想了。我膽怯地靠近著轎伕們，有時，我吩咐他們走在我的前面，我卻落到他們的後邊老遠老遠。我幻想著強盜是從前面跑來的，我希望萬一遇見了強盜，轎伕們可以替我去打個交道，自己躲得遠一點，好讓他們說情面。然而，走不到幾步，我卻又惶惶不安起來：假如強盜們是從後面跑來的，假如轎伕們和強盜打成了一片……

我估計我的行李的價值，轎伕們是一定知道的。我一轉念，我卻覺得我的財產和生命，不是把握在強盜們的手裡，而是這兩個轎伕的手裡了。我的內心不覺更加驚悸起來！要什麼強盜呢？只需他們一舉手，輕輕把我向山澗中一摔，就完了啦！

我幾回都嚇得要蹲了下來，不敢再走。一種卑怯的動機，驅使我去向轎伕們打了交道。我裝做很自然的神氣，向他們抱了很大的同情，我勸他們戒絕鴉片，我勸他們不要再過這樣艱難的轎伕的生活了。他們說：不抬轎沒有飯吃，於是，我說：我可以替他們想辦法的，我有一個朋友在祁陽當公安局長，我可以介紹他們去當警察，每月除伙食以外還有十塊錢好撈，並且還可以得外水。他們起先是不肯相信，但後來看見我說得那樣真摯，便樂起來了。

「先生，上轎來吧，那一條山口，更難爬啊！我們抬你過去是不要緊的。」

「不要緊啊！」我說，「我還可以勉強爬爬，你們抬，太吃苦了！」

他們執意不肯。他們又說：只要我真正肯替他們幫忙介紹當警察，他們就好了。他們可以把妻兒們帶到祁陽去，他們可以不再在鄉下受轎行老闆和田主們的欺侮了。抬我，那原是應該的呀！

我卑怯地，似乎又有點不好意思地重新爬上了轎子。他們也各自吞了幾個豆大的煙泡，振了一振精神，抬起來。在極其險峻的地方，因為在他們的面前顯現有美妙的希望的花朵，爬起來也似乎並不怎樣地感到苦痛。是呀！也許這就是最後的一次抬轎子吧，將來做了警察，多麼威風啊！

流著汗，喘著氣，苦笑著的面容：拚命地抬著，爬著，好容易地一直到下午兩點鐘左右，才爬到了山頂。

「那裡去的？喂！」突然間現出四個穿黑短衣褲的人在山頂的茶亭子裡攔住去路。轎伕們做了一個手勢：

「我們老闆的親戚，上祁陽去的啦。」

「你們哪一行？」

「悅來行！」

「唔！」四個一齊跑來，朝轎子裡望了一望：看見我沒有什麼特殊的表現，便點了一點頭，懶懶地四周分散開了。

我不知這是一個什麼門道。

在茶亭子裡，胡亂地買了一些乾糧吃了，又給錢轎伕們抽了一陣大煙，耽擱足足有兩個鐘頭久，才開始走下山麓。

「不要緊！」轎伕們精神飽滿地叫著，「下山比上山快，而且我們都可以放心大膽了，先生，我包你，太陽落山前，準可以在山腳下找到一個相安的宿鋪。」

我在轎子裡點了一點頭，表示我並不怎麼性急，只要能夠找到宿處就好了。

轎伕們得意地笑笑，加速地翻動著粗黑的毛腿，朝山麓下飛奔！

二、夜店

客店裡老闆娘叫她那健壯的女兒替我打掃了一間房間，轎伕們便開始向我商量晚飯的蔬菜。我隨手數了五十個雙銅板，打發他們中間的一個去鄉鋪子裡尋豬肉，剩下的這一個便開始對我表起功勞來：

「先生，出門難啊！今朝要不是我倆在山頂上替你打個招呼，那四個漢子……」

「他們就是強盜嗎？」我吃了一驚地問。

「唔！是，是，截山的啦，……」轎伕吞了一口唾沫，「他們有時候在山頂上，有時候在半山中，他們真正厲害啊！不過，他們和我們轎行是有交道的。我們一到山頂，就看見了他們。我對他們做了手勢，告訴了他我們是悅來行的，而且我還說了先生是我們老闆的親戚，所以……」

「悅來行？」

「是呀！先生，你不懂的，說出來你也不明白。總之，總之……」

「那麼，我沒有遭他們的毒手，就全是你們二位的力量囉！」

「不敢！不過，先生……」

轎伕首先謙恭了一陣，接著，便說出他的實心話來了。他說：他們倆，年輕時也是曾幹過來那截山的勾當，這事，在沿山一帶的居民看來，是並不見得怎樣不冠冕的。不過因為他們膽子小，良心長，而且不久又成了家眷，所以才洗手不幹了。種田，有空抬抬轎。近年來，因年歲壞，孩子多，田租和轎租重得厲害，一天比一天不對勁了。他們本想從新來幹一幹那舊把戲的，不料一下子就遇了我。他們說：他們開始獲得了人類的同情；我憐憫他們，我答應介紹他們當警察，所以他們才肯那樣地忠心對我。

「啊……」

我悠長地噓了一口冷氣，汗滴滲地從背脊上流了出來。我僥倖我的一時的欺騙竟成功了。同時，我又對我自己的這種卑怯的欺騙行為，起了不可抑止的憎惡！是啊，我現在是比他們當強盜的人還不如了；他們有時還能用真誠，還能懺悔他們的「過錯」，而我呢？我，我卻只能慢慢地把頭兒低下來。

轎伕還悔恨般地說了好些過去故事，之後，又加重了我那介紹他們去當警察的要求。他羨慕著警察生活，每月清落十元錢，有時還可以拿起木棍子打鄉佬……

「先生，那，那才安逸啊！」

不到一會，買豬肉的也回來了。在樣樣菜都離不開辣椒的口味之下，吃完了晚飯；轎伕和老闆娘便在煙榻上鬼鬼祟祟地談論起來。最初是三個人細細地爭執，後來又是老闆娘嘆氣聲，轎伕們的勸慰聲……

天色漆黑無光了，我便點著一盞小桐油燈首先進房門去睡覺。解開衣服，鑽進薄被裡，正要熄燈的時候，突然又鑽進來了一個人。

「誰呀？」我一下子看明白是老闆娘的女兒，但我卻已經煞不住的這樣問了。

她不作聲，低著頭靠近床邊站著。

我知道這是轎伕們和老闆娘剛才在煙榻上做出來的玩意，然而，我卻不能夠把它說明。

「姑娘，我這裡不少什麼呀，請便吧！」我裝做糊塗地。

她仍舊不動。半晌，才忸怩地說：「媽，她叫我來陪先生的。」

「啊！」我的臉發燒了，（雖然我曾見過世故）「那麼，請便吧！我是用不著姑娘陪的！」

她這才匆匆地走出房門。我趕去關上著房門的閂子之後，正聽到外面老闆娘的聲音，在責罵著女兒的沒有用：

不知道家裡的苦況，不能夠代她籠絡客人……

這一夜，因了各種事實的刺激我的腦子，使我整夜的瞪著眼不能入夢。

然而，最主要的還是明天；到了祁陽，我把什麼話來回答轎伕們呢？

三、一座古舊的城

穿過很多石砌的牌坊，從北門進城的時候，轎伕們高興得要死。他們的工程圓滿了。在龐雜的人群中，抬著轎子橫衝直闖，他們的眼睛溜來溜去的盡釘在一些拿木棍的警察身上。是啊！得多看一下呀！見習見習，自己馬上就要當警察了的。

「一直抬到公安局嗎？先生。」

「不，」我說，「先找一個好一點的客棧，然後我自己到公安局去。」

「唔！」轎伕們應了一聲。

我的心裡沉重地感到不安。我把什麼話來回答他們呢？我想。朋友是有一個的，可是並不當公安局長。然而，也罷，我不如就去找那位朋友來商量一下，也許能夠馬馬虎虎的搪塞過去吧。

轎子停在一個名叫「綠園」的旅館門口。交代行李，開好房間，我便對轎伕們說：

「等一等啊，我到公安局去。」

「快點啦！先生。」

問到了那個街名和方向，又費了一點兒周折，才見到我的朋友。寒暄了一回，他說：

「你為什麼顯得這樣慌張呢？」

「唔！」我說，我的臉紅了起來。

「我，我有一件小事情……」

他很遲疑地釘著我。於是，我便把我沿途所經過的情形，一五一十地告訴了他，他不覺得笑起來了：

「我以為是什麼呢？原來是為了兩個轎伕，我同你去應付吧。」

兩個人一同回到客棧裡：

「是你們兩個人想當警察嗎？」

「是的，局長！」轎伕們站了起來。

「好的。不過，警察吃大煙是要槍斃的！你們如果願意，就趕快回去把菸癮戒絕。一個月之後，我再叫人來找你們。」

「在這裡戒不可以嗎？」

「不可以！」

轎伕們絕望了。我趁著機會，把轎工拿出來給了他們；三塊錢，我還每人加了四角。

轎伕們垂頭喪氣地走了。出門很遠很遠，還回轉來對我說：

「先生，戒了煙，你要替我們設法啊！」

我滿口答應著。一種內心的譴責，沉重地懾住了我的靈魂，我覺得我這樣過分地欺騙他們，是太不應該了。回頭來，我的朋友邀我到外面去吃了一餐飯，沿城兜了一陣圈子，心中才比較輕鬆了一些。

一路上，我便傾誠地來聽我的朋友關於祁陽的介紹：

這，一座古舊的城，因了地位比較偏僻的關係，處處都表現得落後得很。人們的臉上，都能夠看出來一種真誠，樸實，而又剛強的表情。年紀比較大一些的，頭上大半還留著有長長的髮辮；女人們和男子一樣地工作著。他們一向就死心塌地地信任著神明，他們把一切都歸之於命運；無論是天災，人禍，一直到他們的血肉被人們吮吸得乾乾淨淨。然而，要是在他們自己中間，兩下發生了什麼不能說消的意氣，他們就會馬上互相械鬥起來的，破頭，流血，殺了人還不叫償命。

我的朋友又說：他很能知道，這民性，終究會要變成一座大爆發的火山。

之後，他還告訴了我一些關於這座古舊的城的新鮮故事。譬如說：一個月以前，因為鄉下欠收，農民還不出租稅，縣長分途派人下鄉去催；除跟班以外，出去時是五個，但回來的時候卻只有三個人了。四面八方一尋，原來那兩個和跟班的都被擊落在山澗裡，屍身差不多碎了。縣長氣得張惶失措，因為在這樣的古舊的鄉村裡，膽敢打死公務人員的事情，是從來沒有聽見講過的。到如今還在緝凶，查案……

回到客棧裡的時候，已經是黃昏冥滅了。朋友臨行時再三囑咐我在祁陽多勾留幾日。他說，他還可以引導我去，痛快地遊一下古蹟的「浯溪」。

四、浯溪勝蹟

湘河的水，從祁陽以上，就漸漸地清澈，湍急起來。九月的朝陽，溫和地從兩岸的樹尖透到河上，散布著破碎的金光。我們蹲在小茅船的頭上，順流的，輕飄的浮動著。從淺水處，還可以看到一顆一顆的水晶似的圓石子兒，在激流中翻滾。船伕的篙子，落在圓石子裡不時發出沙沙的響叫。

「還有好遠呢？」我不耐煩地向我的朋友問。

「看啦！就是前面的那一個樹林子。」

船慢，人急，我耐不住地命令著船伕靠了岸，我覺得徒步實在比乘船來得爽快些。況且主要的還是為了要遊古蹟。

跑到了那個林子裡，首先映入我的眼簾來的，便是許多刻字的石壁。我走近前來，一塊一塊地過細地把它體認。

當中的一塊最大的，約有兩丈高，一丈多長，還特蓋了一個亭子替它做掩護的，是「大唐中興頌」。我的朋友說：浯溪所以成為這樣著名的古蹟的原因，就完全依靠著這塊「頌」。字，是顏真卿的手筆：頌詞，是元吉撰的。那時候顏真卿貶道州，什麼事都心灰意懶，字也不寫，文章也不做；後來唐皇又把他赦回去做京官了，路過祁陽，才高高興興地寫了這塊碑。不料這碑一留下，以後專門跑到浯溪來寫碑的，便一朝一代的多起來了。你一塊我一塊，都以和顏真卿的石碑相併立為榮幸。一直到現在，差不多滿山野都是石碑。劉鏞的啦！何子貞的啦！張之洞的啦……

轉過那許多石碑的側面，就是浯溪。我們在溪上的石橋上蹲了一會兒：溪，並不寬大，而且還有許多地方已經枯涸，似乎尋不出它的什麼值得稱頌特點來。溪橋的左面，置放有一塊黑色的，方尺大小的石板，名曰「鏡石」；在那黑石板上用水一澆，便鏡子似的，可以把對河的景物照得清清楚楚。據說：這塊石板在民國初年，曾被官家運到北京去過，因為在北京沒有浯溪的水澆，照不出景緻，便仍舊將它送回來了。「鏡石」的不能躺在北京古物館裡受抬舉，大約也是「命中注定」了的吧。

另外，在那林子的裡邊，還有一個別墅和一座古廟；那別墅，原本是清朝的一位做過官的旗人建築的。那旗人因為也會寫字，也會吟詩，也會愛古蹟，所以便永遠地居留在這裡。現在呢？那別墅已經是「人亡物在」，破碎得只剩下一個外型了。

之後，我的朋友又指示我去看了一塊刻在懸崖上的權奸的字跡。他說，那便是浯溪最偉大和最堪回味的一塊碑了。那碑是明朝的宰相嚴嵩南下時寫下的。四個「聖壽萬年」的比方桌還大的字，倒懸地深刻在那石崖上，足足有二十多丈高。那不知道怎樣刻上去的。自來就沒有人能夠上去印下來過。吳佩孚駐紮祁陽時，用一連兵，架上幾個木架，費了大半個月的功夫，還只印下來得半張，這，就可以想見當年刻上去的工程的浩大了。

我高興地把它詳細地察看了一會，仰著、差不多把腦袋都抬得昏眩了。

「唔！真是哩！」我不由地也附和了一聲。

遊完，回到小茅船上的時候，已經是正午了。我不知道是什麼緣故，雖然沒有吃飯，心中倒很覺得飽飽的。也許景緻太優美了的原故吧，我是這樣地想。然而，我卻引起了一些不可抑制的多餘的感慨。（遊山玩水的人大抵都是有感慨的，我當然不能例外。）我覺得，無論是在什麼時，做奴才的，總是很難經常地博到主子的歡心的，即算你會吹會拍到怎樣的厲害。在主子高興的時候，他可不惜給你一塊吃剩的骨頭嘗嘗；不高興時，就索性一腳把你踢開了，無論你怎樣地會搖起尾巴來哀告。顏真卿的貶道州總該不是犯了什麼大不了的罪過吧！嚴嵩時時刻刻不忘「聖壽萬年」，結果還是做叫化子散場，這真是有點太說不過去了。然而，奴才們對主子為什麼始終要那樣地馴服呢？即算是在現在，啊，肉骨頭的魔力啊！

當小船停泊到城樓邊，大家已經踏上了碼頭的時候，我還一直在這些雜亂的思潮中打轉。

插田

插田

——鄉居回憶之一

失業，生病，將我第一次從囂張的都市驅逐到那幽靜的農村。我想，總該能安安閒閒地休養幾日吧。

時候，是陰曆四月的初旬——農忙的插田的節氣。

我披著破大衣踱出我的房門來，田原上早經充滿勞作的歌聲了。通紅的腫脹的太陽，映出那些彎腰的斜長的陰影，輕輕地移動著。碧綠的秧禾，在粗黑的農人們的手中微微地戰抖。一把一把地連根拔起來，用稻草將中端紮著，堆進那高大的秧籮，挑到田原中分散了。

我的心中，充滿著一種輕鬆的，幽雅而閒靜的歡愉，貪婪地聽取他們悠揚的歌曲。我在他們的那烏黑的臉膛上，隱約的，可以看出一種不可言喻的，高興的心情來。我想：

「是呀！小人望過年，大人望插田！這原是他們一年巨大的希望的開頭呢。……」

我輕輕地走過去。在秧田裡第一個看見和我點頭招呼的，便是那雪白鬍鬚的四公公，他今年已經七十三歲了，還肯那麼高興地跟著兒孫們扎草挑秧，這是多麼偉大的農人的勞力啊！

「四公公，還能彎腰嗎？」我半玩笑半關心地問他。

「怎麼不能呀！『農夫不下力，餓死帝王君』呢。先生！」他驕傲地笑著，用一對小眼珠子在我的身上打望了一遍，「好些了？……」

「是的，好些了。不過腰還是有些……」

「那總會好的羅！」他又彎腰拔他的秧去了。

我站著看了一會，在他們那種高興的，辛勤的勞動中，使我深深地感到自家年來生活的卑微和厭倦了。東浮西蕩，什麼東西都毫無長進的，而身體，又是那樣的受到許多沉重的創傷；不能按照自家的心思做事，又不會立業安家，有時甚至連一個人的衣食都難於溫飽，有什麼東西能值得向他們誇耀呢？……而他們，一天到晚，田中，山上，微漪的，淡綠的湖水，疏雲的，遼闊的天際！唱自家愛唱的歌兒，談自家開心的故事。憂？愁？……夜間的，酣甜的囈夢！

我開始羨慕他們起來。我覺得，我連年都市的飄流，完全錯了；我不應該在那樣的骷髏群中去尋求生路的，我應該回到這恬靜的農村中來。我應該同他們一樣，用自家的辛勤勞力，爭取自家的應得的生存；我應該不聞世事，我應該……

插田

田中的秧已經慢慢地拔完了，我還更加著力地在想著我的心思。當他們各別抬頭休息的時候，小康——四公公的那個精明的小孫子，向我偷偷地將舌頭伸出著，頑皮地指了一下那散滿了秧扎的田中，笑了：

「去嗎？……高興嗎？……」

不知道是哪裡來的興趣，使我突然忘記了腰肢的痛楚，脫下了鞋襪和大衣，想同他們插起田來。我的白嫩的腳掌踏著那堅牢的田塍，感到針炙般的痠痛。然而，我卻竭力地忍耐著，艱難地跟著他們下到了那水混的田中。

四公公幾乎笑出眼淚來了。他拿給我一把秧，教會我一個插田的腳步和姿勢，就把我送到那最外邊的一層，順著他們裡邊的行列，倒退著，插起秧來。

「當心坐到水上呀！」

「不要跟我們插『煙壺腦殼』呢！」

「好了！好了，腳插到陰泥中拔不出來了！」

我忍住著他們的嘲笑，站穩了架子，細心地考察一遍他們的手法，似乎覺得自家所插的列子也還不差。這一下就覺得心中非常高興了。插田，我的動作雖然慢，卻還並不見得是怎樣艱難的事情啊！

四公公越到我的前頭來了——他已經比我快過了一個長行。他抬頭站了一站，我便趁這個機會像誇張自家的能幹般地和他扳談起來。

「我插的行嗎？四公公！」

「行！」四公公笑了一笑，但即刻又皺著眉頭說：「讀書人，幹這些事情總不大合適呀！對嗎？……」

「不，四公公，我是想試試看呢，我看我能不能插秧！我想……唔，四公公，我想回到鄉下來種田呀！」

「種田？……王先生，你別開玩笑呢！」

「真的呀！還是種田的好些，……我想。」

四公公的臉上陰鬱起來了，他呆呆地站在田中，用小眼珠子驚異地朝我偵察著我的話是否真實。我艱難地移近著他的身邊，就開始說起我那高興農人生活的理由來，我大聲地罵了一通都市人們的罪惡，又說了許多讀書人的卑鄙，下流，……然後，正當欲頌讚他們生活的清高的時候，四公公便突然地打斷了我的話頭：

「得啦！先生，你為什麼竟說出這樣的話來呢？……」他朝兒孫們打望了一下，摸著鬍子，淒然地撒掉手中的殘秧。「在我們，原沒有辦法的，明知種田是死路，但也只得種！有什麼旁的生涯給我們做得呢？『命中注定八合米，走盡天下不滿升。』……而先生，你……讀書人，高升的門路幾多啊！你還真的說這種話，……你以為，唉！先生，這田中的收成都能歸我們自家？……」

他噓住了一口氣，用手揉揉那溼潤的小眼睛，搖頭沒有再說下去了。他的鬍子悲哀地隨風飄動著，有一粒晶瑩的淚珠子順著他那眼角的深深的皺紋爬將下來。

兒孫們都停了手中的工作，朝我們怔住了：

「怎麼啦？公公。」

「沒有怎麼！」他嘆一聲氣。忽然，似乎覺到了今天原是頭一次插田，應該忌諱不吉利的話似的，又朝我打望了一下，順手揩掉那晶瑩的淚珠子，勉強裝成一副難堪的笑容，彎腰拾起著秧禾，將話頭岔到旁的地方去：

「等等，先生，請你到我們家中吃早飯去，……人，生在世上，總應該勤勞，……」

我沒有再聽出他底下說的是什麼話來，痴呆地，羞慚地站在那裡，但著他祖孫們手中的秧禾和那矯捷的插田的動作。……「死路」。「高升的門路！」……我覺得有一道冰涼的流電，從水裡透過我的腳幹，而曲曲折折地傳到我的全身！我的腰肢，開始痛得更加厲害了。

插田

鬼

關於迷信，我不知道和母親爭論多少次了。我照書本子上告訴她說：

「媽媽，一切的神和菩薩，耶穌和上帝……都是沒有的。人——就是萬能！而且人死了就什麼都完了，沒有鬼也沒有靈魂……」

我為了使她更加明白起見，還引用了許多科學上的證明，分條逐項地解釋給她聽。然而，什麼都沒有用。她老是帶著憂傷的調子，用了幾乎是生氣似的聲音，嚷著她那陷進去了，昏黃的眼睛，說：

「講到上帝和耶穌，我知道——是沒有的。至於菩薩呢，我敬了一輩子了。我親眼看見過許多許多……在夜裡，菩薩常常來告訴我的吉凶禍福！我有好幾次，都是蒙菩薩娘娘的指點，才脫了苦難的！鬼，也何嘗不是一樣呢？他們都是人的陰靈呀，他們比菩薩還更加靈驗呢。有一次，你公公半夜裡從遠山裡回來，還給鬼打過一個耳光，臉都打青了！並且我還看見……

我能解釋得出的，都向她解釋過了：那恰如用一口釘想釘進鐵板裡去似的，我不能將我的理論灌入母親的腦子裡。我開始感覺到：我和母親之間的時代，實在相差得太遠了；一個在拚命向前，一個卻想拉回到十八或十九世紀的遙遠的墳墓中去。

就因為這樣，我非常艱苦地每月要節省一元錢下來給母親做香燭費。家裡也漸漸成為菩薩和鬼魂的世界了。銅的，鐵的，磁的，木的……另外還有用紅紙條兒寫下來的一些不知名的鬼魂的牌位。

大約在一個月以前，為了實在的生活的窘困，想節省著這一元香燭錢，我又向母親宣傳起「無神論」來了。那結果是給她大罵一場，並且還口口聲聲要脫離家庭，背了她的菩薩和鬼魂，到外鄉化緣去！

我和老婆都害怕起來了。想想為了一元錢欲將六十三歲的老娘趕到外鄉化緣去，那無論如何是罪孽的，而且不可能的事情。我們屈服了。並且從那時起，母親就開始了一些異樣的，使我們難於捉摸的行動。譬如有時夜晚通宵不睡，早晨不等天亮就爬起來，買點心吃必須親自上街去……等等。

我們誰都不敢干涉或阻攔她。我們想：她大概又在敬一個什麼新奇的菩薩吧。一直到陰曆的七月十四日，她突然跑出去大半天不回家來，我和老婆都著急了。

「該不是化緣去了吧！」我們分頭到馬路上去找尋時，老婆半開玩笑半焦心地說。

天幸，老婆的話沒有猜中！在回家的馬路上尋過一通之後，母親已經先我們而回家了。並且還一個人抱著死去的父親和姊姊的相片在那裡放聲大哭！在地上——是一大堆不知道從什麼地方弄來的魚肉，紙錢，香燭和長錠之類的東西。

「到哪裡去了呢？媽媽！」我惶惑地，試探地說。

「你們哪裡還有半點良心記著你們的姊姊和爹爹呢？……」母親哭得更加傷心起來，跺著腳說；「放著我還沒有死，你就將死去的祖宗、父親都忘記得乾乾淨淨了！明天就是七月半，你們什麼都不準備，……我將一個多月的點心錢和零用錢都省下來……買來這一點點東西……我每天餓著半天肚子！」

我們一句話都說不出，對於母親的這樣的舉動，實在覺得氣悶而且傷心！自己已經這樣大的年紀了，還時時刻刻顧唸著死去的鬼魂，甘心天天餓著肚子，省下錢來和鬼魂作交代！同時，更悔恨自家和老婆都太大意，太不會體驗老人家的心情了。竟讓她這樣的省錢，挨餓，一直延續了一個多月。

「不要哭了呢！媽媽！」我憂愁地，勸慰地說：「下次如果再敬菩薩，你儘管找我要錢好了，我會給你老人家的！現在，詠蘭來——」我大聲地轉向我的老婆叫著：「把魚肉拿到晒臺上去弄一弄，我來安置臺子，相片和靈牌……」

老婆彎著腰，沉重地咳嗽著拿起魚肉來，走了。母親便也停止哭泣，開始和我弄起紙錢和長錠來。孩子們跳著，叫著，在臺子下穿進穿出：

「媽媽弄魚肉我們吃呢！媽媽弄魚肉我們吃呢！」

「不是做娘的一定要強迫你們敬鬼，實在的……」母親哽著喉嚨，吞聲地說：「你爹爹和姊姊死得太苦了，你們簡直都記不得！我夢見他們都沒有錢用，你爹爹叫化子似的……而你們——……」

「是的！」我困惑地，順從地說：「實在應該給他們一些錢用用呢！」

記起了爹爹和姊姊的死去的情形來，我的心裡的那些永遠不能治療的創痕，又在隱隱地作痛！照母親夢中的述說，爹爹們是一直做鬼都還在鬧窮，還在閻王的重層壓迫之下過生活——啊，那將是一個如何的，令人不可想像的鬼世界啊！

老婆艱難地將菜餚燒好的時候，已經是午後三四時了。孩子們高興地啃著老婆給他們的一些小小的肉骨頭，被母親拉到相片的面前機械地跪拜著：

「公公保佑你們呢！」

然後，便理一理她自家的白頭髮，喃喃地跪到所有鬼魂面前祈禱起來。那意思是：保佑兒孫們康健吧！多賺一點錢吧！明年便好更多的燒一些長錠給你們享用！

我和老婆都被一一地命令著跪倒了！就恰如做傀儡戲似的，老婆咳嗽著首先跳了起來，躲上晒臺去了。我卻還在父親和姊姊的相片上凝視了好久好久！一種難堪的酸楚與悲痛，突然地湧上了我的心頭！自己已經在外飄流八九年了，有些什麼能對得住姊姊和爹爹呢？……不但沒有更加努力地走著他們遺留給我的艱難的、血汗的道路，反而卑怯地躲在家中將他們當鬼敬起來了！啊啊，我還將變成怎樣的一種無長進的人呢？……

夜晚，母親燒紙錢和長錠時對我說：

「再叩一個頭吧！今夜你爹爹有了錢用了，他一定要報一個快樂的、歡喜的夢給你聽的！」

可是，我什麼好夢都沒有做，瞪著一雙眼睛直到天亮！腦子裡，老是浮著爹爹那滿是血汗的嚴峻的臉相，並且還彷彿用了一根無形的、沉重的鞭子，著力地捶打我的懦怯的靈魂！

夜的行進曲

夜的行進曲

為了避免和敵人的正面衝突，我們繞了一個大圈子，退到一座險峻的高山。天已經很晚了，但我們必須趁在黎明之前繼續地爬過山去，和我們的大隊匯合起來。我們的一連人被派作尖兵，但我們卻疲倦得像一條死蛇一樣，三日三夜的飢餓和奔波的勞動，像一個怕人的惡魔的巨手，緊緊地捏住著我們的咽喉。我們的眼睛失掉神光了，鼻孔裡冒著青煙，四肢像被抽出了筋骨而且打得稀爛了似的。只有一個共同的、明確的意念，那就是：睡，喝，和吃東西。喝水比吃東西重要，睡眠比喝水更加重要。

一個夥夫挑著鍋爐擔子，一邊走一邊做夢，模模糊糊地，連人連擔子通統跌入了一個發臭的溝渠。

但我們仍舊不能休息。而且更大的，夜的苦難又臨頭了。

橫阻在我們面前的黑瞶瞶的高山，究竟高達到如何的程度，我們全不知道。我們抬頭望著天，烏黑的，沒有星光也沒有月亮。不知道從什麼地方才能夠劃分出天和山峰的界限。也許山峰比天還要高，也許我們望著的不是天，而僅僅只是山的懸崖的石壁。總之——我們什麼都看不見。

我們盲目地，夢一般地摸索著，一個挨一個地，緊緊地把握著前一個弟兄的腳步，山路漸漸由傾斜而倒懸，而窄狹而迂曲，……尖石子像鋼刺一般地豎立了起來。

眼睛一朦朧，頭腦就覺得更加沉重而昏瞶了。要不是不時有尖角石子劃破我們的皮肉，刺痛我們的腳心，我們簡直就會不知不覺地站著或者伏著睡去了的。沒有歸宿的、夜的獸類的哀號和山風的呼嘯，雖然時常震盪著我們的耳鼓，但我們全不在意，因為除了飢渴和睡眠，整個的世界早就在我們的周圍消失了。

不知道是爬在前面的弟兄們中的哪一個，失腳踏翻了一塊大大的岩石什麼東西，轆轆地滾下無底洞一般的山澗中了。官長們便大發脾氣地傳布著命令⋯⋯

「要是誰不能忍耐，要是誰不小心！要是誰不服從命令！」

然而接著，又是一聲，兩聲！夾著銳利的號叫，沉重而且柔韌地滾了下去！

這很顯然地不是岩石的墜落！

部隊立時停頓了下來。並且由於這驟然的奇突的刺激，而引起了龐大的喧鬧！

「怎樣的？誰？什麼事情？⋯⋯」官長們戰聲地叫著！因為不能爬越到前面去視察，就只得老遠地打著驚悸的訊問。

「報告⋯前面的路越加狹窄了！總共不到一尺寬，而且又看不見！連偵探兵做的記號我們都摸不著了！跌下去了兩個人！」

「不行！不能停在這裡！」官長們更加粗暴地叫著，命令著。「要是誰不小心！要是誰不服從命令！」

「報告——實在爬不動了！肚皮又餓，口又渴，眼睛又看不見！」

「槍斃！誰不服從命令的？」

三四分鐘之後，我們又惶懼、機械而且昏迷地攀爬著。每一個人的身子都完全不能自主了。只有一個唯一的希望是——馬上現出黎明，馬上爬過山頂，匯合著我們的大隊，而不分晝夜地，痛痛快快地睡他一整星期！

當這痛苦的爬行又繼續了相當久的時間，而摸著了偵探尖兵們所留下的——快要到山頂了的——特殊的記號的時候，我們的行進突然地又停頓起來了。這回卻不是跌下去了人，而是給什麼東西截斷了我們那艱難的前路！

「報告——前面完全崩下去了！看不清楚有多少寬窄！一步都爬不過去了！」

「那麼，偵探兵呢？」官長們疑懼地反問。

「不知道！」

一種非常不吉利的徵兆，突然地刺激著官長們的昏沉的腦子！「是的，」他們互相地商量，「應當馬上派兩個傳令兵去報告後面的大隊！我們只能暫時停在這裡了。讓工兵連到來時，再設法開一條臨時的路徑！也許，天就要亮了的！」

我們認為這是一個意外的，給我們休息的最好機會，雖然我們明知危險性非常大！我們的背脊一靠著岩壁，我們的腳一軟，眼瞼就像著了磁石一般地上下吸了攏來，整個的身子飄浮起來了。睡神用了它那黑色的，大的翅翼，捲出了我們那睏倦的靈魂！

是什麼時候現出黎明的，我們全不知道。當官長命令著班長們各別地拉著我們的耳朵，捶著我們的腦殼而將我們搖醒的時候，我們已經望見我們的後隊蜿蜒地爬上來了，而且立時間從對面山巔上，響來了一排斑密的，敵人的兇猛的射擊！

「砰砰砰……」

我們本能地擎著槍，撥開了保險機，聽取著班長們傳誦的命令。因為找不到掩護，便倉皇而且笨重地就地躺將下來，也開始凶殘地還擊著！

夜的行進曲

殤兒記

一個月之前，當我的故鄉完全沉入水底的時候，我接到我姊姊和岳家同時的兩封來信，報告那裡災疫盛行，兒童十有九生瘧疾和痢疾，不幸傳染到我的兒子身上來了。要我趕快寄錢去求神，吃藥：看能不能有些轉機。孩子的病症是：四肢冰冷，水瀉不停，眼睛不靈活，……等等。

我當時沒有將來信給我的母親和女人看，因為她們都還在病中。而且，我知道：水災裡得到這樣病症，是決然不可救治的。

我將我的心兒偷偷地吊起來了！我背著母親和女人，到處奔走，到處尋錢。有時，便獨自兒躲到什麼地方，朝著故鄉的黯淡的天空，靜靜地，長時間地沉默著！我慢慢地，從那些飛動的，浮雲的絮片裡，幻出了我們的那一片汪洋的村落，屋宇，田園。我看見整千整萬的災民，將葉片似的肚皮，挺在堅硬的山石上！我看見畜生們無遠近地飄流著！我看見女人和孩子們的號哭！我看見老弱的，經不起磨折的人們，自動的，偷偷地向水裡邊爬——滾！

我到處找尋我的心愛的兒子，然而，我看不見。他是死了呢？還是仍舊混在那些病著的，垃圾堆似的，憔悴的人群一起呢？我開始埋怨起我的眼睛來。我使力地將它睜著！睜著！我用手巾將它擦著！終於，我什麼都看不出：烏雲四合，雷電交加，一個巨大的，山一般的黑點，直向我的頭上壓來！

我的意識一恢復，我就更加明白：我的孩子是無論如何不會有救的！他也和其他的災民一樣，將葉片似的肚皮挺在堅硬的山石上，哭叫著他的殘酷的媽媽和狠心的爸爸！

我深深地悔恨：我太不應該僅僅因了生活的艱困，而輕易地，狠心地將他一個人孤零零地拋在故鄉的。現在如何了呢？如何了呢？……啊啊！我怎樣才能夠消除我的深心的譴責呢？

也許還有轉機的吧！趕快寄錢吧！我的心裡自寬自慰地想著。我極力地裝出了安閒鎮靜的態度來，我一點都不讓我的母親和女人知道。

一天的下午，我因為要出去看一個朋友，離家了約莫三四個鐘頭，回來已經天晚了。但我一進門——就聽見一陣銳聲的，傷痛的嚎哭，由我的耳裡一直刺入到心肝！我打了一個踉蹌，在門邊站住了。我知道，這已經發生了如何不幸的事故！我的身子抖戰著，幾乎縮成了一團！

我的母親，從房裡突然地撲了出來，扭著我的衣服！六十三歲的老人，就像喝醉了酒的一般，哭啞她的聲音了！她罵我是狠心的禽獸，只顧自己的生活，而不知愛惜兒女！甚至連孩子的病信都不早些告訴她。我的女人匍匐在地上，手中抱著孩子的照片，口裡噴出了黑色的血汙！我的別的一個，已經有了三歲的女孩，為了駭怕這突如其來的變亂，也跟著哇哇地哭鬧起來了！

我的眼睛朦朧著，昏亂著！我的呼吸緊促著！我的熱淚像脫了串的珠子似地滾將下來！我並不顧她們的哭鬧，就伸手到臺子上去抓那封溼透了淚珠和血滴的凶信：

「……沒有錢醫治，死了……很可憐的，是陰曆七月二十七日的早晨！這裡的孩子死得很多！大人們也一樣！這裡的人都過著鬼的生活，一天一天地都走上死亡的路道了！」

眼睛只一黑，以後的字句便什麼都看不出來了。

夜深時，當她們的哭聲都比較緩和了的時候，我便極力地忍痛著，低聲地安慰著我的女人：

「還有什麼好哭的呢？像我們這樣的人，生在這樣的世界，原就不應該有孩子的！

有了就有了，死了就死了！哭有什麼裨益呢？孩子跟著我們還不是活的受罪嗎？我們的故鄉不是連大人們都整千整萬的死嗎？飢寒，瘟疫！你看：你才咳出來的這許多血和痰！」

我的女人朝著我，咬了一咬她那烏白色的嘴唇，睜著通紅的眼：絕望地，幽幽地說：

「為什麼呢？我們為什麼要遭這樣的苦難呢？我們的孩子！我們的故鄉！」

電網外

一

風聲又漸漸地緊起來了。

田野裡，遍地都是人群，互相往來地奔跑著，談論著，溜著各種各色的眼光。老年的，在懷疑，在驚恐！年輕人，都浮上了歷年來的印象：老是那麼喜歡的，像安排著迎神集會一般。

王伯伯斜著眼睛瞅著，口裡咬著根旱煙管兒，心裡在轆轆地打轉：

「這些不知死活的年輕人啊！」

想著，大兒子福佑又從他的身邊擦過來。他叫住了：

「你們忙些什麼呢？媽媽的！」

「來了呀！爹，我們應當早些準備一下子。」

「鬼東西！」

花白的鬍鬚一戰，連臉兒都氣紅了。他，王伯伯，是最恨那班人的。他聽見過許多城裡的老爺們說過：那班人都不是東西，而且，上一次，除了驚恐和忙亂，人們謠傳的好處，他也是連影子都沒見到的，他可真不相信那班人還會來。他深深地想：

一

「年輕人啊！到底是不懂什麼事的！為什麼老歡喜那班人來呢？那班人是真的成不了氣候的呀。同長毛一樣，造反哪，又沒有個真命天子。而且上次進城，又都是那麼個巧樣兒，瘦得同鬼一樣，沒有福氣，只占了十來天就站不住了，真的成不了氣候啊！」

他再急急地叫著兒子們問：

「這消息是誰告訴你們的呢？」

「大家都是這麼說。」小兒子吉安告訴他。

「放屁！這一定是謠言，那些好吃懶做的人造的。你們都相信了嗎？豬！你不要想昏了腦筋啊！那班人已經去遠了。並且，那班人都是成不了氣候的。他們，還敢來嗎？城裡聽說又到了許多兵。」

兒子們都悶笑著，沒有理會他。

老遠地，又一個人跑來了，喘著氣，對準王伯伯的頭門。

這是誰呀？王伯伯的心兒怔了一下。

看看：是蔡師公的兒子。

「什麼事情，小吉子？」

小吉子吃吃地老喘著氣：

「我爹爹說：上次圍城的那班人，已經，已經，又，又……」

「真的嗎？到了哪兒？」

「差，差，……」小吉子越急越口吃著說不出話來，「差，差，……」

「你說呀！」

「差，差不多已經到到南，南，南陵市了。」

「糟糕！」

王伯伯的眼前一黑，昏過去啦！小吉子也巴巴地溜跑了。

兒子們將他扶著，輕輕地捶著他的胸口兒。媳婦也出來了。兩個孫兒，七歲一個十歲一個，圍著他叫著：

「公公呀！」

清醒了，看看自家是躺在一條板凳上，眼睛裡像要流出淚來：

「怎麼辦呢？福兒！那班人真的要來了，田裡的穀子已經熟得黃黃的；那班人一來，不都糟了嗎？這是我們一家人的性命呀！」

「不要緊的喲！爹。穀子我們可不要管它了，來不及的！那班人來了纔好啊！我們不如同他們一道去！」

「放屁！」王伯伯爬起來了，氣得渾身發戰：「你們，你們是要尋死了啊！跟那班人去！入夥？媽媽的，你們都要尋死了啊？

「不去，挨在這兒等死嗎？爹，還是跟他們去的好啊！同十五六年，同上一次來圍城一樣。挨在這兒準得餓死，炮子兒打死！穀子仍舊還是不能撈到手的。而且，那班人又都是那麼好的一個……」

「混帳東西！你們不要吃飯了嗎？你們是真的要尋死了啊！入夥，造反，做亂黨哪！連祖宗，連基業都不要了，媽媽的，你們都活久了年數啊！」

「不去有什麼辦法呢？爹，他們已經快要到南陵市了，這兒不久就要打仗的！」

「不好躲到城裡去嗎？」

「城打破了呢？」

「媽媽的！」

王伯伯沒有理會他們了。他反覆地想著。他又和兒子們鬧了起來。他不能走，他到底不相信那班人還會來。他知道，城裡的老爺們也告訴了他，那班人是終究成不了氣候的，同長毛一樣。他不怕，他要挨在這兒等著。這兒他有急待收穫的黃黃的穀子，這兒他有用畢生精力所造成的一所小小的瓦房。有家具，有雞，有貓，還有狗，牛，……他不能走哪。

終於，兒子們都一溜煙地跑出去了，全不把他的話兒放在心上。他氣得滿屋子亂轉。孫兒們都望著他笑著：

「公公兜圈子給我們玩哩！」

回頭來，他朝孫兒們瞅了一眼，心裡咕嚕著：

「你們這些可憐的孩子啊！」

夜深了，兒子們都不聲不響地跑回來，風聲似乎又平靜了一些。王伯伯深深地舒了一口氣：

「蓋天古佛啊！你老人家救救苦難吧！那班人實在再來不得了呀！」

二

大清早爬起來，兒子們又在那裡竊竊地議論著。王伯伯有心不睬他們，獨自兒掉頭望望外面：

外面仍舊同昨天一樣。

「該不會來了吧！」

他想。然而他還是不能放心，他打算自家兒進城去探聽探聽消息。叫媳婦給他拿出來一個籃子，孫兒便向他圍著：

「公公啦，給我買個菩薩。」

「給我買五個粑粑！」

「好啊！」

漫聲地答應著，又斜瞅了兒子們一眼。走出來，心裡老大不高興。

到了擺渡亭。渡船上的客人今朝特別多；有些還背著行李，慌慌張張地，像逃難一樣。

王伯伯的心裡又怔了一下：

「怎麼！逃難嗎？」

可是，他不敢向同船的人問。他怕他們回答他的是：——那班人還會來。

悶著，渡過了小新河，上了岸。突然地，又有一大堆人擺在他的面前，攔住著出路，只剩了一條小小的口兒給往來的人們過身。而且每人的身上都須搜查一遍。在人們的旁邊：木頭，鉛絲鈕鈕，鐵鏟，鋤鍬；錐著，釘著，挖著！還有背著長槍的兵啦。

什麼玩意兒？王伯伯不懂。

他想問。可是，他不認識人。渡客們又都從小口兒鑽過去了。只剩下他一個人站在那兒，瞧著：看看鉛絲兒鈕在木頭上，沿著河邊，很長很長的一線，不知道拖延到什麼地方去了。靠鉛絲的裡面，還正挖著一條很深很深的溝。

這是幹什麼的呢？

王伯伯今年五十五歲了，他可從沒有看見過這玩意兒。他想再開口問一問，嘴巴邊剛顫了一顫，忽然地：

二

「滾開！」

一個背槍的兵士惡意地向他揮了一揮手。他只好很小心地退了一步。

「再滾開些！」

再退一步下來。王伯伯的心兒忍不住跳起來了。他掉頭向兩邊望了一望，在那一群挖泥的兵士裡，他發現了一個熟人：張得勝，是從前做過他的鄰合的一個小傢伙。

他喜極了，他連忙叫道：

「得勝哥！你們這些東西釘著做什麼用啊？」

「電網？」

「誰呀？」張得勝抬頭看著。「啊！王伯伯！這是電網呀！」

王伯伯從來沒有聽過這麼個怪名兒。他進一步地問著：

「做什麼用的呀，得哥？」

「攔匪兵的。上面有電，一觸著，就升天。」

「啊！那條溝溝呢？」

「躲著，放槍哪！」

糟糕！王伯伯的心裡真的急起來了。他想：照這個樣子看來，上次圍城的那班人又到了南陵市的話兒，一定是千真萬確的了。他心裡急的一陣陣地跳著。可是，他不能不鎮靜下來，因為他還要問：

「得哥，你們的槍口兒對哪邊放呢？」

「對河，電網外啦！因為匪兵都是由那邊來的。」

兩邊的兵士都笑著，看看這老頭兒怪好玩的。可是，王伯伯的心兒亂了，因為他估計著：自家的屋子正在對河的電網外邊，正擋著炮子兒的路道。他再急急地問：

「得哥！那，那，那邊，我們的幾間小屋子該不要緊吧！」

「你老人家那間屋嗎？正當衝呀！」

王伯伯的腿兒漸漸地發抖了。得勝哥連忙接著說：

「伯伯，你老人家還得趕快回去搬東西呀！那班人說不定今天就要到的。」

王伯伯的腿兒越發像棉花絮似地拖不動了。他火速地回轉身來，爬著，跌著，昏昏沉沉地渡過了小新河。剛爬上自家邊的河岸，他便發瘋似地叫了起來：

「不得了呀！我們都圍在電網外呀！炮子兒對著衝呀！」

二

家中，兒子們又一個都看不見，野貓似地不知道跑到什麼地方去了。他急的滿屋子亂竄。叫著媳婦，又喊了孫兒。豬，牛，貓，狗，家具，鋤，鍬，風車子，……每一樣東西他都摸到了。他卻始終想不出一點兒辦法，他不知道應該先搬哪一件東西的好。

媳婦孫兒們都朝著他怔著！

習慣地，他又想到了救苦救難的觀世音菩薩和蓋天古佛爺爺。他知道：到了緊急關口，唯有神明能夠救他，能夠保佑他渡過一切的災難。他連忙跑到神龕上拿下一隻大木魚來，下死勁地敲著：

「救苦救難的觀世音菩薩呀！那班人實在再來不得了呀！」

停停。

兒子們都回來了，他恨得跳了起來：

「你們這兩個東西，你們收屍！你們收到哪裡去了？現在，現在，……我們都圍在電網外面，炮子兒衝啦！」

兒子們仍舊是那麼冷然地，全不把他的話兒放在心上：

「爹爹啊！這兒實在不能再挨了。還是跟我們走吧！到那班人那兒一起去。新河鎮上的人，大半都是這麼辦。挨在這兒終究是沒用的。家財什物反正什麼都保不牢了。」

「放狗屁！」

王伯伯又和兒子們鬧了起來。他覺得兒子們全變壞了，都像吃了迷魂湯似的，全沒有些兒準定。他無論如何不能讓他們那樣胡鬧。他要他們盡全力來幫他保家。連媳婦、孫兒們都不許走。要死，大家得死在一道。

可是，兒子們終究不能安心地聽信王伯伯的教言，帶著媳婦和孫兒們跑出去了，同附近，同新河鎮的一群年輕人混在一道。

王伯伯氣得要哭起來了。不過，他又覺得有幾分安了心。這些不孝的東西走開也好，因為不走也仍舊是沒有辦法的，挨在這兒說不定都要遭危險。他自己雖然痛恨那班人，不甘心兒子們跟那班人一道，但是，王伯伯疼孫兒，假如能夠好好地保住著他的兩個孫兒無恙，他也是非常安心的。反正。兒子們的心都死了。

「去嗎？畜生！你們要自家小心些啊！」

這是他最後的吩咐。老遠地望著兒孫們的背影，心兒就像刀割一般。跨進門來，連忙將頭門關上。他獨自兒死心塌地地坐在堂屋中，在安排著怎樣地來保守自家的門庭牲畜。

他重新地決定著：他無論如何不能走，炮子兒多少總有些眼睛的。並且，他家中還有觀世音菩薩和蓋天古佛爺爺……

二

三

下午，新河鎮上已經很少有人們往來了，炊煙也沒有從人們的屋頂上冒出來。世界整個兒靜極板地，像快將沉下去一樣。

天色烏黑，也不像要下雨。氣候熱悶得使人發昏，小新河裡的水呆呆地，連一點兒皺紋似的波浪都沒有了。

王伯伯苦悶的非常難過，他勉強打開著頭門走了出來，傷心地步著小路兒向河邊悄悄地移動。他的眼睛向四方張望著，他滿想能探聽出一點兒什麼好的消息出來。

四面全沒個人影兒了。

只有擺渡亭那兒還有一些嘈雜的聲音。他走將過去；

十來個兵，二三十個小子。

王伯伯站得老遠老遠地，瞅著他們。

一個兵，先捧著一盆白水灰在擺渡亭基石上，寫著四個方桌兒樣大的字：

「四百米達！」

三

然後二三十個小子一齊動起手來，將一座小小的渡船亭子撤倒。王伯伯心裡非常惋惜：

「為什麼一定要撤倒它呢？費了多少力量才造成這麼一個小亭子，不料今朝……」

突然地，有一個兵士向王伯伯吆喝起來了：

「什麼東西站在那裡？滾開！」

王伯伯連忙走開來，再由原路退回去。在他的慘痛心情中，立刻波動著無數層懊喪的圈浪：

「黃黃的穀子不能收回來，擺渡亭子撤去了，兒孫們不知去向！」

信步又退回了家門，猛然地，他看見自家堂屋中站住著四個兵和一個劉保甲。

他不敢進去。可是劉保甲向他招呼了：

「來呀！王國六。」

「劉爺，有什麼事情吩咐呀？」

「這幾位老總爺爺是奉了命令來的。說你這個屋子阻礙了對河電網裡的射線，開火時會給敵人當作掩護的。限你在兩個鐘頭之內將它撤下來。趕快！撤！」

「撤！」

王伯伯像給迅雷擊了一下，渾身麻木下來。心肝兒痛得像挖去了似的，半晌還不能回話。

「趕快動手呀！」一個老總補上了一句。

王伯伯可清醒過來了，心兒一酸，雙腿連忙跪了下去：

「老總爺爺呀！請你老人家做做好事吧！我就只有這麼一個小屋子了。撤，撤，撤不得啦。」

「放屁！誰管你的！」

「劉爺爺呀！」

「更不關我的事。」

王伯伯一面叩著響頭，一面從懷中拿出自家藏了三四年的那一個小紙包兒來，塞到劉保甲的手裡。

「劉爺爺呀！請你老人家幫幫忙吧！陪陪老總爺們去喝杯水酒，我這個小屋子實在撤不得啦。」

劉保甲順手解開來一看，十多層紙頭包著四塊銀洋。

三

「哈哈，誰要你的錢，這是上面的命令呀。」

他將四元錢交給了那四個兵士。

「老總爺爺呀！」

「你還有嗎？通通拿出來，我們給你設法說句方便話。」

「唔，有的！」

王伯伯的心兒一喜，連忙跑進去將神龕裡收藏著的十餘元錢也拿了出來，恭恭敬敬地放在老總們的手上：

「通通在這兒。千萬求爺爺們說句方便話。」

「那麼，你這幾隻雞兒我也替你拿去吧！」

「好的！好的！」

王伯伯感激到連眼淚都要流出來了。再蹲下去叩了三五個響頭，跪著送到大門外面，眼巴巴地又望著他們匆匆地走進了另一個人家。

心兒似乎比較安靜了一點。雖然損失了一二十元和幾隻老雞，可還並不算大。屋子總算還保留在這兒。反正等到事情平靜下來，還可以圖其他的發展。

重新關起門兒來跪著求菩薩。

天色更加陰暗了，光景是快要天黑了吧。外面的人聲又頻頻地沸騰起來，龐雜地，漸漸像山崩土裂一樣。

王伯伯的心又給拉緊了。可是，他不敢出來，他知道，一定是那話兒到了，他怕瞎眼睛的炮子兒穿中了他的心窩。

木魚更加下死勁地敲著。然而，他還沒有聽見炮子兒響。小窗孔裡無緣無故地鑽進了一些紅光來，他舉著懷疑的眼光望著。

突然地——

「砰！砰！」

「開門呀！裡面有人沒有？」

王伯伯嚇的發戰，他不敢答應。隨即又：

「砰！砰！」

「操你媽媽！人都走光了嗎？放火！」

「放火！」

三

王伯伯的靈魂兒飛上了半天空中。他爬起來拚命地叫著：

「有人呀！我出來了。」

開開門——

一大堆老總爺湧了進來，每一個的手中都拿著一枝巨大的火把。有一個便順手給王伯伯一個耳光：

「你媽勒個巴子！躲著尋死呀！」

王伯伯可全沒有靈魂了。

「搜搜看！小心有匪徒。」

「大概是沒有的。」

「那麼，燒！」

老總爺都湧了出來，將火把在屋子的周圍點著。

「老總爺爺呀！」王伯伯突然地記起來了。他跑上去，一把抱住了一個高個子的兵：「剛剛我已經拿出了二十塊錢，你們都答應了不撤我的屋子啦！你，你，……」

「老豬！」高個兒兵順手一掌！——「你發瘋了啦！」

王伯伯老遠老遠地倒著，呆著眼珠子兒瞧著自家的屋子冒煙。

「天！」

他可沒有叫得出來。

四面鎮上的火光照澈了天地。老遠地⋯⋯

拍拍拍拍！轟！格格格格！

四

王伯伯漸漸地甦醒過來了。他展開眼睛一看，他的前面正閃爍著千萬團火花，那個高個兒兵也正在那裡點火燒著他的屋子。他大聲地喊道：

「你們這些狼心的東西呀！老子總有一天要你們的命的！老子一定和你們拼！你們吃人不吐骨了啦！二十塊錢啦！放火啊！啊啊！老總爺爺救救命啊！」

聲音又漸漸地低了下去。

「老伯伯！」

「唔！」

「老伯伯！」

「……」

「他又睡著了呢。你出去吧，暫時不要來驚他。」

一個穿著舊白衣的老人，對著一個臨時的看護婦說。

「是的。」那個看護婦答應了一聲。「我仍舊到那邊去招呼受傷的人去嗎？」

「唔！」

這個小禪房中，立刻又清靜下來了。王伯伯，他是好好地躺在那兒，沒有作聲。遠遠地，槍聲仍舊還很斑密。可是並不曾驚嚇著這兒的病人，因為隔離遠，不靜著心兒還聽不出來呢。

一小時之後，穿舊白衣的老人和那臨時的看護婦又走進到這小禪房中來了。老人替王伯伯看了一回脈，點了一點頭兒，似乎說：病已經輕鬆了許多了。

王伯伯再次的甦醒。

「天啊！」

他微微地叫著。看護婦也細聲地呼叫他：

「老伯伯呀！」

「唔！」

「醒來喲！」

「唔！我，我，我死了吧？……」

「沒有呢！這是大佛寺啦。伯伯，你覺得好些嗎？」

四

「唔！你，誰呀？我怎麼來的呢？我的房子呀！」

「我們今早在前線上抬你回來的。老伯伯，安心一些吧！你驚的很啊！」

「唔！」

看護婦又輕輕地替他復上一條被單，然後，才走到旁的病人的房間。

一天過去，王伯伯自家漸漸地感到清醒些了。他知道，他還並沒有死去，他是被人家營救到這古廟裡來的。這老人和那看護婦都能特別細心地替他調治，溫和地慰問他，給他滋養。

三天，王伯伯很快地便恢復了原狀。但是，他還是不能回想。他那些黃黃的穀子，他那費了幾十年精力所造成的一所小小的瓦房，畜生，家具，二十塊錢，火！一想，他就要瘋狂。

「……我，我，我幾十年的精力！」

他真的不能想啊！老人和看護婦也常常關照他：

「老伯伯，你才復原啦！你是什麼都不能想的。靜心些吧！閒著，到大殿上去玩玩，那兒弟兄們多著哩。」

他虔誠地聽信了老人的吩咐，他把心事兒橫下來。

拐著，一跛一跛地，兩個腿兒都痠軟。他掙到了大殿的門邊。

裡面的弟兄們，大家都知道這廟裡有一個從前線上救回來的老頭兒。

「老伯伯，到這兒來玩玩吧。」一個快眼的士兵說。接著，又有人：

「到這兒來，老伯伯！」

「老伯伯！」

親熱的呼聲，撩亂了王伯伯的視聽。他望著：大殿上橫橫直直地擺著無數只小竹床，床上全是人。有的包著頭，有的裹著腿，有的用白布條將手兒吊著。他順次地看過去，那些人的臉上全沒有一點兒痛苦的表情；全是喜歡地親熱地在瞧他，要他進去。

他本能地踏進了殿門。

他想開口說話，可是，他不知道應該說些什麼樣的話兒。他的嘴巴戰了一下，內心裡不覺得迸出了一個熱烈的呼聲來：

「弟兄們，好哇！」

四

「好！老伯伯，你好呀！」

「……」

他沒有答。他的頭本能地點了下來。他的心兒像給無數熱情包圍了似的，頻頻地跳著。他實在是塞得說不出話來了。淚珠兒，熱燙熱燙地滾將下來。

「坐坐，老伯伯！你老人家怎麼到這兒來的呀？」

「我，我，唉！媽媽的！」

「怎麼？伯伯，你老人家不要傷心啊！」

「你們，你們，唉！弟兄們，你們不知道啦！」他盡量地抽噎著，全殿裡的空氣立時緊張起來。他斷斷續續地告訴了他們這一次的事件：「……我不能走啦！我的屋子，……我給了他們二十塊錢！雞，……後來，他媽的，放火啦！我，……啊！弟兄們啊！我，我真的不能再活喲！」

聽著，全殿的弟兄們都立時變了一個模樣兒了。臉子都顯得非常可怕，都隨著王伯伯的話兒逐步地緊張下來，他們都像要爬起來，都像要再跑到前線去和敵人拚命，替王伯伯復仇。可是，他們一轉眼看見王伯伯更加傷心地在抽噎，他們便一齊都和緩下來了。他們都用著溫和而又激盪的話兒來給王伯伯寬慰：

「你老人家不要再傷心喲！老伯伯，那班東西全不是人呀！比豺狼比虎豹還要貪殘呢。你老人家儘管放心，我們正在那兒要他們的命！我們的弟兄們都在那裡給你老人家復仇。老伯伯啊！安心些吧！反正，這個世界有了他們就沒有我們，我們一天不將他們打下來，我們便一天不想在人間過活。你老人家放心吧！將來的世界一定是我們的啊！」

「唔！」

王伯伯深深地感動著。他今朝才明白過來。

他放心了。他知道兒孫們並沒有和壞人一夥兒。

王伯伯每天都要到弟兄們這兒來玩，弟兄們也都能將他當做自己的親爺爺看待。他安心極了。雖然，他還有可能紀念的田園，值得憑弔的被焚燒的屋子，然而，現在他還不能夠回去，因為那斑密的槍聲還可以聽得出來：

拍拍拍！格格格格格！

他只能耐心地和弟兄們廝混著。

四

是一個大雨滂沱的夜晚。雨聲剛剛停住著，前線的槍聲又突然地加急起來。機關槍聲，夾著新奇的大砲聲，像巨雷一樣——

轟！轟！

傷著的弟兄們都爬起來了，關心著前線。他們猜疑著：在雨後，忽然會有這許多連珠似的大砲聲音，多少是總有些蹊蹺的。電網裡面的人們決沒有這麼多，這麼大的砲彈，自家這邊弟兄們更加沒有。這一定是……

轟！轟！轟！轟！

他們沒有一個人能猜得著。每個人的心兒都吊起來了。這大砲，這大砲……

猛然地——

有一個騎馬的弟兄，從前面敲門進來了。他大聲叫道：

「受傷的弟兄們，你們都趕快收拾。英日帝國主義的兵艦都趕著參加進來了！我們今晚怕要退，退……退回瀏陽！」

「入你的媽呀！」

每一個受傷的弟兄都不顧苦痛地爬將起來。咬緊著牙齒，恨恨地都想將帝國主義者的兵艦爬來摔個粉碎！

可是，他媽的！大家都不能動彈。

炮聲又繼續地轟了千百下。二三百個人佚跑了進來，兩個兩個地將弟兄們的竹床抬起了。

王伯伯夾在他們中間轆轆地打轉。

「老伯伯！現在敵人請了外國人的兵船大砲來打我們了！我們不幸敗了下來，我們就要走啦！你老人家同不跟我們去呢？」

王伯伯沒有回答。他實在是有些捨不下他的那些田園，和那燒焚得不知道成了一個什麼樣兒了屋子。他站著。他的心兒不能決定下來。

停停一會兒，弟兄們終於開口了：

「那麼你老人家不去也得。不過，我們可不能留著久陪你老人家，再會吧！老伯伯喲！再會！再會！」

外面差不多天亮了。王伯伯望著百十個弟兄們的竹床和那個仁慈的老人的背影，他撲撲地不覺得吊下了兩行眼淚來。

四

他又連忙地趕了幾步。可是，地上非常溼滑，走一步幾乎要跌一跤，等他用力地站定了腳跟之後，巴巴地已經趕不及了。

他想：

「也罷！我反正不能放心我的田園和屋子，不如回家中看看再說吧！」

五

禁錮了三天，經過無數次的盤問和拷打，王伯伯才被認為「並非亂黨」，從一個叫做什麼部的「行轅」中趕將出來。

他一步一拖地，牙齒兒咬得鐵緊。他忍著痛，手裡牢牢捻著那張叫做「良民證」的紙頭。

路上還遺落著一些不曾埋沒的屍首，和無涯的血跡。王伯伯也沒有功夫去多看，就急速地奔回來。

屋子呢？

他瞧，全部都塌了，煙黃的只剩了一堆瓦礫。他又連忙跑到田中去一看，穀子也全數倒翻下來，大半都浸在水裡，上面還長出著一些些黃綠色的嫩芽。

他叫著。他再用手兒捧上了一些來看，沒一顆穀子沒有長芽的。他又急的要發瘋了。他還有什麼辦法呢，挨著不和兒子們一道去，又留著不和那班弟兄們一塊兒走，都是為的不能丟下這些黃黃的穀子和那所小的瓦房。現在，什麼都完了啦！他吃著驚

「什麼都完了啦！」

五

恐和禁錮，他受著拷打，結果他還是什麼都落了空，他怎麼不該發瘋呢？

他蹲著，傷心地瞧著焚餘的瓦礫和田中的穀芽。他真的再想放聲痛哭一陣，可是，他不能哭呀！僅僅乾號了幾聲，因為他的眼淚已經乾了。

再爬起來看著，遠遠地，新河鎮上已經沒有了半家人家。他有心地走到撤了的擺渡亭那邊去望一望。四個「四百米達」的灰白的字兒仍舊還在那裡。

瞧將過去：

是河。是洋鬼子的兵船。

再瞧過去：

天哪！那個橫拖著像一條蛇的東西，不就是叫做什麼「電網」的嗎？王伯伯轉著憤怒的眼光瞧著它。他想跑過去用個什麼東西將它搗碎！真的呀！假使這回沒有這個叫做什麼「電網」的撈什子東西，他全家絕不會弄成這個樣子。那班弟兄們也會平平安安地進了城，同上一回一樣，那多麼好啊！現在，他媽的，一切都完了啦。一切都毀在這個鬼東西的身上。他再回頭來瞧瞧洋鬼子的兵船，他的心裡又記起了那晚上的大砲，他恨得說不出話來了！

他連忙跳下碼頭來，他想到河中去和這鬼東西拚命。可是，渡船兒不知道被人家搖到哪裡去了。

無意識地，他又折回上來。

「今晚上到哪兒去落腳呢？」

一下子，他想到了這麼一個問題，因為天氣已經漸漸地黑將下來了。他再回頭向新河鎮上一望，那兒好像還有人們蠕動似的。

他走過去。那兒的人們也在走將過來。

「哎呀！蔡三爹，你還在這兒嗎？」王伯伯喜的怪叫起來。

「王國爹，你也回來了呀？」

蔡師公也很驚喜的。他們立時親近著。還有張三爹，李五伯伯，……

「你躲在哪兒呀！」蔡師公說。

「說不得啊！媽媽的，這回真是……唉！三爹，你呢？」

「也危險啦！一氣兒真說不了。我現在還住在張三哥那兒。」

「那麼張三爹呢？」

「我們可幸虧天保佑，打仗時還在木排上，還在湘潭。」

「現在呢？你的排停在哪兒？」

「剛剛才流到猴子石口。」

「他們打得利害嗎？」張三爹問。

「那才真正傷心啊！」

散亂的談著，每個人都懷抱著一種說不出來的悲哀，漸漸地走，漸漸地談，他們不知不覺地談到穀芽子上面去了。

「那怎麼辦呢？三爹，通通長了芽啦！」

「是呀！我也是為這個來的。張哥排上的客人想要，割下來熬酒。」

「穀芽酒好呀！那麼，我的這些也給他買去吧！」

王伯伯聽到有人肯出錢買發了芽的穀子，他立時歡喜起來，他和蔡師公懇切地商量著。他決計將自家田中的穀芽通通賣了，只要多少能有幾個錢兒好撈。

蔡師公點頭答應著。他們一同回來到木排上。又和排客們商量了一回，結果排客們都答應了。一元錢一畝的田，由排客們自家去割。

王伯伯的心中覺得寬鬆了一些。夜晚他和蔡師公互相交談著各自逃難的情形。

「多勇啊！那班人。」蔡師公說，「他們簡直不要命啦！我躲在那山坡邊瞧著。那邊沒有河，他們便一層一層爬過來對電網衝啦！機關槍格格格格格的！他們衝死的多啊！都釘在電網上……後來，又用篙子跳，跳，跳！」

蔡師公吞了一口氣，接著說：

「後來，我又到銀盆山這邊來了。那班人請我，是請呀！他們真客氣！請我替他們抬傷兵送到線蓮寺，我抬了幾十個，後來，他們請我吃飯，後來，又給我一些錢……後來打得更利害！後來又用牛衝！後來又落雨，響大砲！後來他們退了。……後來我被抓到一個叫做舒適部！後來要打我的屁股！後來又給我一張什麼『良民證』，後來放了，後來，……真是兇啊！後來，狗季子他們幾個年輕的還關在那裡！」

「那麼你領了『良民證』回來，就到了他們這木排上嗎？」

「還早呢！我還到了姑姑兒廟，那裡都是團防局的人。天哪！他們抓得多哩。聽說有幾百，通通是那班人。而且都是女的，小孩子也有。……他媽的！後來，我才到這木排上。後來，又到鎮上來，後來，我見了你了。……你躲在哪兒呀？」

蔡師公說了一大串，有時候還手舞足蹈地做著一些模樣兒。王伯伯聽得痴了。

「喂！你躲在哪兒呀？」

「我嗎？唔！我是……唉！二十塊錢啦！火啦！關了三天啦！他媽的！唉！」

王伯伯也簡單地告訴了蔡師公一些大概。他們又互相地太息了一回，才疲倦地躺在木排上的小棚子旁邊睡去了。

第二天的早晨，王伯伯再三地和排客們交涉，水穀芽居然還賣到了十來元錢，他喜極了。他帶著排客們到田中來交割。自家又去木排上花六七元錢買來一個現成的小棚子。也是由排客們替他抬著，由小排船送到這新河鎮來的。棚子是架在離原來被焚燬的瓦屋地基足有十來文遠。棚子門朝北。因為他想到：那塊燒掉了屋子的地基，真是十分不吉利，再將棚子架在原地方一定更加不吉利。棚子們呢？他不能再朝南呀！那兒，……那兒他一開門就會看見那個叫做什麼鬼名兒的電，電，電……

他真的不想再記起那個鬼東西的名字啊！

一切都安排好了。鍋兒，小火爐兒，小木板床，……蔡師公也跑來替他道過賀。

他又重新地安心下來。

他想著：

「假如媳婦兒孫們都還能回來，假如自家還能拚命地幹一下子，假如現在還趕忙種些養麥，假如明年的秋天能夠豐收！

六

大難不死，必有後福。

棚子裡的生活又將王伯伯拖回到無涯的幻想中。他自燒自煮地過著。他懸望著兒媳們還能回來，他布置著冬天來如何收養麥。……他打聽到那班弟兄們退得非常遠了，今後也再沒有什麼亂子來擾他了。

他是如何地安心啊！

過著。沒事將門兒關起來。一天，兩天，……

一個陰涼的下午，小棚子外有一點兒「橐橐」的敲門聲。

「這一定又是蔡師公。」

王伯伯的心裡想。他輕悄地打開小門兒準備嚇蔡師公一跳。

「王國爹好呀？」

王伯伯一看：——

劉保甲！

他的心兒便立刻慌張起來。這個傢伙一來，王伯伯就明白：必無什麼好事情商量。本能地，他也回了一句：

「好呀！」

「你這回真正吃虧不小啦！」

「唉！」

「現在鎮上已經來了一班賑災的老爺，他們叫你去說給他們聽，你一共損失了多大一個數目兒。他們可以給你一些賑災錢。」

「賑災錢？」

王伯伯的心兒又是一怔。這個名目兒好像聽得非常純熟似的。他慢些兒記著：有一年天干，又有一年漲大水，好像都曾鬧過那麼些玩意兒。有一年他還請過那些委員老爺們吃過一碗麵，他也向那些委員老爺們叩過頭。結果，名字造上冊子了，手印兒也打了，而「賑災錢」始終沒有看見老爺們發下來。現在，又要來叫他去打手印，上冊子，他可不甘心了。然而，他還是非常低聲地對劉保甲爺說：

「劉爺，請你對老爺們去說一聲，我這兒不要賑災錢。我現在還生毛病，不能夠出去。」

六

「那不行呀！老爺們等著哩！要不然，他們就派兵來抓！」

王伯伯的心裡一驚：

「那麼我同你去一回吧！不過，『賑災錢』我是沒有福氣消受的。」

劉保甲斜瞅了他一眼：

「那麼，走呀！」

王伯伯的腳重了三十三斤，他一步一拖著。

看看，那兒還站了很多很多的人，蔡師公，王定七，楊六老倌，……

「你叫什麼名字？」

「王國六。」

「幾十歲呢？」

「今年五十五。」

「住在哪兒？」

「前面！」

「匪徒們燒了你多少房子？」

「……」

「怎麼？說呀！」

「他，他，他們沒有燒，燒我的房子呀！」

「那麼，你的房子是什麼人燒的呢？」

「……」

「說呀！」

王伯伯的嘴巴戰了一下：

「是官，官，官兵呀！」

「混帳！」老爺們跳將起來，「你這個老東西胡說八道！你，你，你發瘋！」

王伯伯嚇得兩個腿子打戰。老爺們立刻回轉頭來，向另外一個寫字的先生說：

「老李！你記著：王國六，瓦屋三間，全數燒燬。損失約二百元上下！」

隨即便回轉頭來；

「王國六！你自家去寫個名兒。」

「我，老爺！不會寫字的。」

六

「打個手印。」
王伯伯很熟習地打了一個手印。
「還有，王國六，你家裡被匪徒殺死幾多人？」
「人，人，沒有。」
老爺們又回轉頭來：
「老李，你再記：王國六家，殺死三人，一子，一孫，一媳。」
「老爺，沒有呀！我的兒子，媳婦，孫兒都沒有死呀！」
「混帳！不許你說話！」
「老爺啊！」
王伯伯再想分辯，可是，老遠地：——
大大帝！大大帝！
大家都回過頭來一看：
一大隊團防兵押解著無數婦女和孩子們衝來了。在殘磚破瓦邊，一群一群地叫她們跪著。

大家都痴了！王伯伯驚心地一看，媳婦和兩個孫兒好像都跪在裡面似的。他發狂地怪叫起來：

「哎呀！」

可是，機關槍已經格格格地掃射了！

屍身一群一群地倒將下來。王伯伯不顧性命地衝過去，雙手拖住兩個血糊的小屍身打滾！

停停。

委員者爺們都從容地站起來，當中的一個眉頭一皺，便立刻吩咐那個攜著照相機的夥計，趕快將照相機架起。

「拍呀！拍呀！多拍兩三張，明兒好呈報出去。」

那個寫字的李先生也站將起來了。他像有些不懂似的。他吃吃地問：

「這照拍下來有什麼用呀？……」

「傻子！」

委員老爺回頭來一笑，嘴巴向李先生努了一下。李先生也就豁然明白過來。

六

委員老爺便吩咐著劉保甲說：

「你趕快去！叫兩個人來，將那個昏在死屍中的老頭兒抬起，送回他自家的茅棚子裡去。

七

不知道什麼時候，王伯伯甦醒過來了，他也不知道怎麼會回到這棚子裡來的。他記著，……他哇的一聲叫起來，口裡的鮮血直淌。

又昏昏沉沉地過了一些時候，他才真正地清醒了。

「這是一個什麼世界呀！」

他可沒有再喊天。他想著：他還有什麼希望呢？穀子，房子，畜牲，家具，而且還有：——人！

他覺得他已經全沒有一點兒希望了，連菩薩也都不肯保他了。尤其痛心的是那被野獸吞噬去的兩個孫兒。

一切都完了！

他勉強地爬起了，解下自家床角上的一根麻繩來，挽個圈圈，拴在棚子的頂上。

他把一條小凳子踏住腳，又將自家的頭頸骨摸了兩摸，他想鑽進那個圈子中間去。

「鑽呀！」

他已經把頭兒伸過去了。可是，突然地，他又連忙將它縮回來。他想：

「這真是不值得啊！他媽的，我今年五十五歲了，還能做枉死鬼嗎？我還有兩個兒子呀，我不能死！我是不能死的！」

他立刻跳下了小凳子。將心兒定了一定，他完全明白過來了。

「是的，我不能死。我還有兩個那樣大的孩兒，我還有一群親熱的兄弟！」

於是，第二天，王伯伯背起一個小小的包袱，離開了他的小茅棚子，放開著大步，朝著有太陽的那邊走去了！

一九三三年九月一日上午十一時，脫稿於上海。

魚

魚

一

一種絕望的焦慮的情緒包圍著梅立春。他把頭抬起來。失神地仰望著蘆棚的頂子，燭光映出幾個腫脹的長短不齊的背影來，貼在斑密的蘆葦壁的周圍，搖搖不定。

「喂，吃呵！老梅……」

老梁，那一個爛眼睛的黃頭髮的傢伙，被米酒燒得滿面通紅，笑瞇瞇地對他裝成一個碰杯的手勢。

「唔！」老梅沉吟著，舉起杯來喝上一口。心事就像一塊無形的沉重的石頭似的，壓著他，使他氣窒。伸筷子夾著一塊圓滑的團魚，這一戰，就落到地上的殘破的蘆葦中去了……

「我說……」老頭子祥爹的小眼睛睜開了，直盯著老梅的臉膛，咳了一聲，像教訓他的神氣：「立春，你真是太不開通了！生意並不是次次都得賺錢的，有時候也須看看時運，唔！時運……譬如說：你這一次小湖裡的魚……」

老梅勉強地咬著油膩的嘴唇，笑了一下，他想教人家看不出他是為了盤小湖失敗

一

的那種焦灼的內心來，可是一轉眼他就變得更加難耐了。空洞的滿是汙泥的小湖的底，家中的老婆和孩子們，瞎了眼睛的寡嫂和孤苦的侄兒，都像在那前面的蘆葦壁中伸出了嘴來欲將他吞沒……而後面呢？恰巧是債主兼老闆的黃六少爺的拳頭堵擊著他，使他渾身都覺得疼痛而動搖起來了。

「不是嗎？我也這麼說過的！」王老五，那坐在左邊的一個，摸著他那幾根稀疏的鬍鬚，不緊不慢地說：「並且，也許小湖還不至於……」

老梅明知道這都是替他寬心的話，於是他也自家哄自家似地，把「也許」那兩個字拖進到心中了。萬一明天車乾了小湖，魚又多出來一些呢……

「好，管他媽媽的，碰杯吧！」他一下子站了起來，滿滿地斟上一大杯米酒，向那五六個臨時請來車湖的鄰居，巡敬一個圓圈，灌到肚中去。

二

帶著八分醉意，肩起那九尺多長的乾草叉，老梅彎著腰從蘆葦柵子中鑽出來了，他想沿湖去逡巡一遍，明天就要乾湖了，偷魚的人今晚上一定要下手了的。

十月的湖風，就有那麼銳利的刺人的膚骨，老梅的面孔刮得紅紅的，起了一陣由酒的熱力而襯出來的乾燥的皺紋。他微微地呵了一口氣，蹣跚地走向那新築的湖堤。

駝背的殘缺的月亮，很吃力地穿過那陣陣的雲圍，星星頻頻地夾著細微的眼睛。在湖堤的外面，大湖裡的被寒風掀起的浪濤，直向漫無涯際的蘆葦叢中打去，發出一種冷冰冰的清脆的呼嘯來。湖堤內面，小湖的水已經快要車乾了，乾靜無波的浸在灰暗的月光中，沒有絲毫可以令人高興的痕跡。雖然偶然也有一兩下彷彿像魚兒出水的聲音，但那卻還遠在靠近大湖邊的蘆葦叢的深處呢。

老梅想嘆一口氣，但給一種生成的倔強的性格把他哽住下來了。他原來是不相信什麼命運的人，不過近年他的確是太給命運折磨了一點。使他的境況，一天比一天壞起來。三個孩子和老婆，本來已經夠他累了的，何況去年哥哥死時還遺下一個瞎子嫂

二

嫂和十歲的侄兒呢？種田，沒飯吃，做船伕，沒飯吃，現在費很大的利息借一筆錢來盤湖，又得到一個這樣的結果！要不是他還保持著那種生成的倔強的性格啊！

米酒的力量漸漸地湧了上來，他的視線開始有點朦朧了。踏著薄霜的堤岸，搖搖擺擺地，無意識地望了一望那兩三里路外的溶浴在月光下面的家，和寡嫂底茅屋，便又一腳高一腳低地走向那有水聲的蘆葦跟前了。

「是誰呢，那水聲？」他覺得這蘆葦中的聲響奇怪，就用力捏了一捏手中的乾草叉，大聲地叫起來了：

「哪一個在水中呀？」

寂靜……一種初冬的，午夜的，特殊的寂靜。

他走向前一步，靜心等了一會，又聽見了一個奇特的水聲。「媽的！讓我下水……」話還剛剛說出一半，就像有一群出巢的水鴨似地，六七個拖著魚籃的人，從蘆葦叢中鑽出來了，不顧性命地爬上湖堤，向四方奔跑著。

老梅底眼睛裡亂迸著火星！他舉起乾草叉來追到前面，使力地擲翻了一個長個兒，再追上去，又把一個矮子壓到了，籃子滿滿的魚兒，仍舊跳到了小湖中。

酒意像給潑了一盆冷水似地全消了。老梅大聲地把夥伴們都叫了攏來，用兩根草繩子縛著俘虜，推到蘆葦棚中仔細一看，五六個人都不覺得失聲哈哈大笑起來。

三

當天上的朝霞掃盡了疏散的晨星的時候，當枯草上的薄霜快要溶解成露珠的時候，當老梅正同夥伴們踏上了水車的時候，在那遙遠的一條迂曲的小路上，有一個駝背的穿長袍戴眼鏡的人，帶著一個跟隨的小夥子，直向這湖岸的蘆葦前跑來。

老頭子祥爹坐在車上，揩了一揩細小的眼睛，用手遮著額角，向那來人的方向打望了一回，就正聲地，教訓似地對老梅說：

「你不要響，立春！讓我來……」他不自覺地裝了一個鬼臉，又回頭來對爛眼睛的老梁說：「你要是笑，黃頭髮，我敲破你的頭！」

老梁同另外三個後生都用破布巾塞著嘴。王老五老是那麼閒散地摸著他那幾根稀疏的鬍鬚，一心一意地釘著那彩霞的天際。

駝背的穿長袍戴眼鏡的人走近來了。

「你早呀！黃六少爺！」

「唔，早呀！祥爹。」

互相地，不自然地笑了一笑。一種難堪的沉默的環境，沉重地脅迫著黃六少爺的跳動的心。他勉強地顫動著嘴唇問道：

「祥爹……看，看沒有看見我家的長工和侄兒呢？」

「唔……，沒，沒有看見呀！這樣早，你侄少爺恐怕還躺在被窩裡吧。」接著又拋過來一個意義深長的諷刺的微笑，不緊不慢的：「長工，那一定是放牛去了囉……」

「不，昨夜沒有回家！」

「打牌去了……」

「不，還提了魚簍子的！」黃六少爺漸漸地感到有些尷尬而為難了。

「啊……」祥爹滿不在意地停了一停水車的踏板，「這樣冷的天氣，侄少爺還要摸魚嗎？……唉！到底是有錢人家，這樣勤儉……難怪我們該窮……」

那個的面孔慢慢地紅起來，紅到耳根，紅到頸子……頭上冒著輕盈的熱氣。

「熱嗎？黃六少爺！十月小陽春呀！」話一句一句地，像堅硬的石子一般向黃六少爺打來，他的面孔由紅而紫，由紫而白。忽然間，一種固有的自尊心，把他激怒起來了：

三

「老東西！還要放屁嗎？不要再裝聾作啞了，你若不把我的人交出來……」

「哎呀！六少爺，你老人家怎麼啦！尋我們光蛋人開心嗎？我們有什麼事情得罪你老人家嗎？問我們，什麼人呀……」

「好！你們不交出來嗎？……我看你們這些狗東西的！」黃六少爺氣沖沖地準備抽身就走。老梅本已經按捺不住了的，這一下他就像一把斷了弦的弓似地彈起來，跳到水車下面：

「來！」

像一道符命似的把黃六少爺招轉了。

「六蜈蚣，我的孫子！我告訴你，你只管去叫人來，老子不怕！你家的兩個賊都是老子抓起的！來吧，你媽媽的！你越發財就越做賊，……我操你底祖宗！」

「哈哈！」老梁抽出了口中的手巾來大笑著。

「哈哈！」王老五摸著他那幾根稀疏的鬍鬚大笑著。

只有老頭子祥爹低下了頭，一聲不響地皺著眉額，慢慢地，才一字一板地打斷著大家的笑聲：

「為什麼要這樣呢?你們,唉!不好的!我,我原想奚落他一場,就把人交給他的,多一事不如少一事。得罪那蜈蚣精。唉!你們這些年輕的小夥子……」

「什麼呢?祥爹,你還不知道嗎?小湖的魚已經有數了。罵他,也是要害我的,不罵他,也是要害我的。……」老梅怒氣不消地說。

「那麼,依你的打算呢?……」

「打算?我一個人去和他拼……」

「唔!不好的!」老頭子只管搖著頭。回轉來對水車上的人們說:「停一會兒再車吧!來。我們到棚子裡去商量一下……」

太陽,從遼遠的蘆葦叢中湧上來,離地面已經有一丈多高了。六七人,像一行小隊似地,跟在老頭子祥爹的背後,鑽進了那座牢固的蘆葦棚子中。

一九三五年四月

三

電子書購買

國家圖書館出版品預行編目資料

山村一夜：世界一步步沉降下去，人的希望究竟在哪裡？/ 葉紫 著 . -- 第一版 . -- 臺北市：崧燁文化事業有限公司 , 2023.07
面； 公分
POD 版
ISBN 978-626-357-441-0(平裝)
857.63 112008811

山村一夜：世界一步步沉降下去，人的希望究竟在哪裡？

臉書

作　　者：葉紫
發 行 人：黃振庭
出 版 者：崧燁文化事業有限公司
發 行 者：崧燁文化事業有限公司

E-mail：sonbookservice@gmail.com
粉 絲 頁：https://www.facebook.com/sonbookss/
網　　址：https://sonbook.net/
地　　址：台北市中正區重慶南路一段六十一號八樓 815 室
Rm. 815, 8F., No.61, Sec. 1, Chongqing S. Rd., Zhongzheng Dist., Taipei City 100, Taiwan
電　　話：(02) 2370-3310　　傳　　真：(02) 2388-1990

印　　刷：京峯數位服務有限公司
律師顧問：廣華律師事務所 張珮琦律師

定　　價：299 元
發行日期：2023 年 07 月第一版
◎本書以 POD 印製
Design Assets from Freepik.com

